有爱的青春陪伴者

不见山溪

八野真一 著

四川文艺出版社

图书在版编目（CIP）数据

不见溪山 / 八野真著. -- 成都：四川文艺出版社，
2024. 9. -- ISBN 978-7-5411-7020-1

Ⅰ. I247.5

中国国家版本馆 CIP 数据核字第 20242J149B 号

BU JIAN XI SHAN

不见溪山

八野真 著

出 品 人	冯　静
责任编辑	朱　兰　蔡　曦
特约编辑	雪　人
装帧设计	刘　艳　唐卉婷
封面绘制	苏　恒
责任校对	段　敏

出版发行　四川文艺出版社（成都市锦江区三色路 238 号）
网　　址　www.scwys.com
电　　话　0731-89743446（发行部）　028-86361781（编辑部）

排　　版	长沙大鱼文化传媒有限公司		
印　　刷	天津睿和印艺科技有限公司		
成品尺寸	145mm×210mm	开　本	32 开
印　　张	9	字　数	194 千字
版　　次	2024 年 9 月第一版	印　次	2024 年 9 月第一次印刷
书　　号	ISBN 978-7-5411-7020-1		
定　　价	42.80 元		

目 录

目 录

BU JI YI SHAN

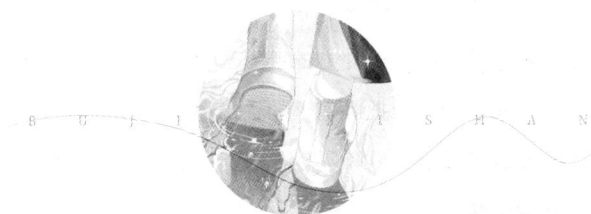

第一章
喜三啊喜三

八月的阳光炙热而耀眼。

姜兰轻手轻脚地推开许姜的卧室房门，客厅中的光线从门缝隙处涌入，暖热的柔光把卧室里的昏暗冲淡。

许姜蜷缩在被子中，呼吸轻而缓，纤长睫毛微微颤动，显然已经不在深睡状态。

她快醒了。

姜兰眉目和煦，认认真真地端详自己的宝贝女儿，几秒钟后才吐出憋了很久的气，她颇有气势地抬起手把窗帘拉开，任由光线闯过玻璃，肆无忌惮地倾泻而入。

许姜在睡梦中皱了皱眉，疲倦地翻了个身，露出来的柔软白嫩的脸颊印上了枕巾的刺绣花印。

她抬起手挡住落在脸上的阳光，透过指缝朝姜兰看，哑着嗓子开口："……妈。"

姜兰脸上闪过一丝不易察觉的慌乱和尴尬，随即恢复了往常规矩又板正的神色："我和你爸今天去京北谈生意，午饭你自己随便吃，晚上我们不一定回来。"

姜兰又道："走了。"

许卫国和姜兰一向很忙，许姜对他们一大清早就出差这种事早就习以为常。

"好，我知道了。"许姜睡眼惺忪地坐起身，用手心搓搓脸，强迫自己从睡梦中清醒，说道，"妈，你和我爸一路……"

她话还没说完，姜兰已经快步从许姜卧室里离开，紧接着是客厅大门被人甩上，发出"砰"一声闷响。

——那种让人神经紧绷，可以把门框上的灰尘震下来的大力震感。

许姜怔怔地看着面前的空白墙面，张了张嘴："……顺风。"

窗帘是姜兰走的时候拉开的，温热的光和着屋里机械冰冷的空调风，含混着缠在一起，倒是把许姜的困意吹散了。

地板上映着阳光泠泠颤动的光斑，许姜直勾勾地盯着它们看了一会儿，才慢吞吞地踩着软底拖鞋，去洗手间洗漱。

镜子里的女生把栗色长发随意绾起，在头顶扎成了个松散的丸子头，然后拿起漱口杯和电动牙刷，刷完牙后还顺手用洗脸巾擦干净了洗手台上的水渍。

擦完后，许姜看着湿漉漉的手指，后知后觉地记起这是在青榆，不是在国外的合租别墅，不用时刻遵守各种各样的室友守则。

许姜轻轻呼了口气，放松下来，往脸上涂了点水乳和精华，去楼下吃饭。

严格来算，今天是许姜毕业回国后的第三天。

许姜学习好，高考时考上了国内首屈一指的瑞津大学，大三时交换出国，而后直接在国外拿了本科毕业证，又凭借优异成绩申请了英国伦敦政治经济学院的研究生，潜心苦学两年后，拿到学校的 distinction 学位（英国硕士学位等级的一种，也是英国硕士最高学位等级）载誉回国。

许卫国捧着写满英文的毕业证书，激动得老泪纵横，印了许多复印件，说要回老家烧纸的时候给过世的父辈们看看，他许卫国也养出了让老许家祖坟冒青烟的高才生。

昏天暗地地睡了三天，许姜仍旧觉得没有把时差倒过来。她的身体和大脑似乎仍然停留在零时区，每到夜晚就格外活跃。

手机"嗡嗡"振动了几下，许姜一只手掀开冒着热气的奶锅，另一只手点开微信。

赵时羽：【昨天跟你说的事儿还记得不？】

赵时羽：【今天去医院看老于。】

许姜看着奶锅玻璃盖上的蒸气凝结的水珠，记起了闺蜜昨天说的事。

她们的初中班主任于秀敏，前些天突发脑梗住院，所幸抢救及时得当，人没出什么大事，只是目前尚在留院观察。还在青榆市工作的几个人一商量，决定这周末去看看于老师。

许姜跟于秀敏关系一般。当初入学时有过不大不小的波澜，虽然那些事让如今的许姜觉得不值一提，但对于少女许姜来说，基本上影响了她整个青春期。

许姜细白的手指在手机上敲敲打打，准备找个由头拒绝赵时羽。

赵时羽：【三哥也去。】

许姜打字的动作倏地停下，眼神定定地落在那两个字上，过了很久手指才重新动作。

跳跃的光标闪动着删掉了一长串话，只留下一个孤零零的字。

【好。】

赵时羽那边马上回了个小兔子的可爱表情包，过了十几秒又发消息过来，说二十分钟后开车到许姜家楼下，接她一起去。

时间不算充裕。

许姜愣了两秒，迅速盖好奶锅，重新冲进洗手间，用眉笔细细地描眉毛，在眼皮上点了层淡淡的大地色眼影。犹豫几秒，她又拿出自己在英国时买的限量珠光色眼影，在眼皮中间轻轻点了点。

白开水妆容搞定。

然后挑了一条浅米色的裙子。

甚至从化妆柜里翻出不常用的欧珑香水。

扎好头发，许姜见还有点时间，又重新跑回厨房。

燃气灶上温热的奶锅和平底锅里还温着的奶黄包和蛋饼，这些一看就是姜兰特意准备的。

许姜不在家时，姜兰和许卫国一日三餐都在公司吃，遇上公休假日，两位当了老板的人也只不过在楼下的摊子上糊弄一口。

他们不是讲究的人，豆浆、油条和玉米面饼足以满足中年人毫不挑剔的肠胃，姜兰才不会花费时间特意研究这些精致的早餐。

面对自己不擅长表达爱意且性格别扭的父母，许姜早就掌握了让姜兰和许卫国体会到爱意被孩子接纳的技巧。

她飞快地拍了张照片，发在三人群里，还配上一句带着波浪线的"谢谢妈妈"。

姜兰和许卫国几乎是秒回。

【你妈随便做的，味道还行。】

【顺手给你留的，不用谢。】

许姜发了个乖巧的猫咪表情包后，咬了几口蛋饼，又匆忙地喝了半杯热牛奶，掐准时间点出现在家门口，等赵时羽的车。

路对面缓缓停下一辆黑色大众，鸣笛三声。

赵时羽从后座车窗探出头，兴高采烈地朝她招手，同时说道："过来许姜，今天蹭车！"

许姜微顿，转而应了声"好"，小跑到马路对面，拉开汽车后座的门，结果被后座上堆得满满当当的鲜花、水果、营养品吓了一跳。

许姜沉默半晌，调侃："你在营养品里下药了？"

前方的驾驶位传来一声不轻不重的笑。

赵时羽急了："我是那种人吗？就算再讨厌老于我也不会乘人之危。你快滚去副驾驶，姐这后座没你的位子。"

许姜朝赵时羽做了个鬼脸，笑着拉开副驾驶位子的车门，随之笑容僵在脸上。

驾驶座上的男人单手扶着方向盘，黑色衬衫衣袖半挽在肘部，凸起的腕骨被黑色表带挡住。白皙指节正跟着音乐节奏有一搭没一搭地敲击着方向盘。

黑与白的色彩对比过于强烈，许姜慌乱中下意识地把眼神移向别处，恰好对上一双浓黑如墨的眼睛。

那双眼里的笑意淡漠从容，散漫却不逾矩，男人仍是那副永远克己守礼的模样。

许姜愣在车门外，想着——

周溪山。

他还是和七年前一样。

是一轮耀眼却不灼人的太阳。

周溪山以为许姜在盯着他的长袖衬衫看，嘴角微僵，无奈地皱眉道："今天临时去公司有事，才特意穿得这样正式。"

他边朝身旁的座位示意，边笑着解释："许姜，我没有在青榆三十多摄氏度的天气里穿长袖衬衫，像中二少年一样装酷哥的癖好。"

后座上距离赵时羽两尺远的地方随意放着件西服外套，正式的深灰黑色，俨然是在为它的主人正名。

还没等许姜说话，赵时羽就敲着周溪山的座椅靠背大喊："周喜三，姜姜并不想听你解释！你赶紧把副驾驶座上的文件袋拿走啊，许姜没地方坐！"

周溪山微微一愣，拿起牛皮纸文件袋，皱眉朝着身后道："赵时羽，我说过别再叫我'周喜三'。"

赵时羽回道："'周喜三'和'周溪山'不都是你吗？我记得许姜之前一直叫你'周喜三'的！而且'周喜三'这个诨名可比你的大名'周溪山'好听多了。你说呢，姜姜？"

周溪山的视线重新落到许姜的身上，黑白分明的眼睛里带着不动声色的打量和询问，让许姜好不容易平静下来的心脏，开始新一轮的兵荒马乱。

"'周喜三'……挺好的。"许姜欠身坐进副驾驶座，手指在他们看不见的角落里，用力纠缠着几乎变形的硅胶手机壳，轻声说，"当然，'周溪山'也好听。"

周溪山没再继续这个话题，降下两侧的车窗，扬起手中还未点燃的烟，看向许姜的眼神仍是"清白"的询问："介意？"

许姜摇头道："不介意。"

赵时羽又在后座嚷嚷起来："车里就你们两个人？你怎么不问我！"

周溪山浓黑的眼睛在后视镜中与赵时羽对视，转瞬错开，点燃烟后，淡淡地吐出个不规则的烟圈："如果蒋煜在这儿，应该会问你。"

"但在我这儿，许姜永远是最特殊的。"

周溪山看了眼后视镜，挑了下眉梢："比如，只有许姜能叫我'周喜三'。"

赵时羽气得说不出话，"噼里啪啦"地打字给蒋煜诉苦。

许姜脸朝向车窗，闭眼假寐，心脏却因为周溪山的这句话又凭空多了许多躁动。

夏天燥热的风从车窗外钻进来，温温热热地扑人满脸。

许姜精心卷好的发型被风吹得凌乱，但她不敢动，仍然紧紧闭着眼，祈祷能快点到医院。

车窗似乎与她有心电感应，"嗡嗡"地升了上去。

"怎么关上了？"许姜听赵时羽问。

"不抽了。"周溪山把烟按灭在车载烟灰缸里，声音放得极低，

"你玩游戏小点声，许姜睡着了。"

最后一丝烟味从许姜鼻尖消失后，她自嘲地笑笑，慢慢放松下来。

没有必要草木皆兵。

即使几年没见，许姜也知道周溪山会这样待她。

友达以上，恋人未满。

毕竟他们之间，一直都是这样的。

许姜他们是最后一批到达医院的人。

他们进去时，病房里已经站了五六个人，还有两个女生坐在病床边跟于秀敏说话。

蒋煜百无聊赖地靠着白墙，随意地往门边一瞥，人瞬间精神起来，故意怪声怪气地揶揄："哟，三位大忙人可算是来了，还以为今天等不到你们仨了呢！"

周边的人也被蒋煜这声吆喝吸引，目光齐刷刷地集聚在许姜三人身上。

于秀敏也看向门口。

赵时羽脸上立刻挂起商业微笑："于老师，给您带了点水果和保健品。好好休养，注意身体，争做一棵不老松。"

到这时，许姜才意识到自己来得匆忙，两手空空，什么都没准备。

既然是看望病人，带点东西过过场面还是要的。

许姜虽不在乎别人怎么看，却不想让周溪山觉得她是个没有礼数的人。

她垂在身侧的手腕被人安抚似的捏了两下，随即放开，带着很重的安慰感。

"于老师，这是我和许姜给您带的，不是什么贵重东西，主要是对您身体好。"周溪山嘴角挂着恰到好处的笑，墨色的眼瞳泛出许姜没见过的光彩，"更多是许姜在英国时听别人提起过，特意准备送给您。"

于秀敏这才露出点笑容，施舍般地对着许姜点点头。

这一副居高临下、不胜其烦的姿态，让许姜回想起了刚上初中时。

许姜一家是从外地搬到青榆市的。

彼时许卫国和姜兰被靠不着边际的远方亲戚骗来青榆打工，差点入了传销的窝点，幸好他们两个人足够机灵警惕，关键时刻保持头脑清醒及时抽身，没被骗得家破人亡，倾家荡产。但几经周折，从老家带来的本钱也所剩无几。

家里穷得叮当响，三个人连住的地方都没有。大冬天，许卫国和姜兰带着许姜钻了两天废弃工地的水泥管道，实在受不住冻又去地铁站趴了一周。许姜年纪小、身子骨弱，冷热交替再加上吃了上顿没下顿，折腾得生了病。

姜兰和许卫国都急红了眼，抱着孩子去医院，跪在医生面前痛哭流涕，求她救救许姜。

那位叫李曦的女医生心肠好，见许姜烧得昏迷不醒，连忙垫付了住院费，还托人给许卫国和姜兰找了两份糊口的工作。

等许姜出院后，他们有了个不到三十平方米的小家，许卫国在厂里的车间打工，姜兰在医院附近的超市做收银员。

虽然赚得不多，两人的工资除去房租和生活费每个月剩不下一点儿，但也算能勉强维持三口人的生计。

贫穷是所有苦难集结而成的网，每一个不幸的出发点似乎都与之息息相关。

许姜的入学问题成了压垮这个家庭的最后一根稻草。

"按照青榆市的规定，没有本市户口及固定住房，租住房也不在本区的外地生源，无法在青榆中学就读。"招生办公室的主任抿了口茶，说道，"姜女士，您还是去别的学校问问。"

姜兰傻了眼，她没想到从老家把孩子带到省城，却连书都没办法读。

"我家租的房子在三区交界，那两个区都说招生早就截止了，只有青中报名晚，才让我们过来试试。"姜兰说。

"主任，您菩萨心肠，一看就是有福气的人。您想想办法，通融通融，我们许姜是聪明孩子，在老家考试每次都是第一名。"

姜兰笑得勉强又殷勤，拉过许姜，使劲把她往前面推："您看，您给我们孩子一个机会，让她试试。"

姜兰的手像铁爪，死死地抓着许姜的胳膊，用力到指甲几乎抠进她的皮肉。许姜被姜兰拉得很疼，但她没吱声，乌溜溜的大眼睛一眨不眨地盯着腆着肚子的主任。

主任用茶杯盖澄清茶汤，朝姜兰脚边吐了口茶叶末儿，皮笑肉不笑道："大姐，我跟你说句实话，哪有什么招生截止？你们这种住在三不管地带的三无户，哪个学校愿意收？我劝你还是别白费力气，带她回去吧。"

姜兰跟锅台灶台打了半辈子交道，什么事也不懂，来之前还是超市里好心的大姐，教她一些人情世故。见招生办主任这副态度，姜兰福至心灵，连忙从兜里掏出个红包，低眉顺眼地往主任兜里塞。

　　"主任，我知道这事儿是我们不对，给您添麻烦。您多费心，我们许姜真的特别优秀，人也听话……"姜兰声音渐渐小了，憋红了脸连连给主任鞠躬，"这点钱不多，您拿着买条烟，我求求您。"

　　许姜看见招生办主任阴晴不定的脸终于有点缓和。

　　"行，那就让小姑娘来考我们的入学考试，考过了就先给她安排个借读生的名额。"主任说完，随手把红包扔进了抽屉。

　　姜兰又是连连作揖，压着许姜的后背给主任鞠躬。

　　许姜垂着头，任由姜兰摆布。

　　并不是大肚子的人就都是如同弥勒佛一般菩萨心肠。

　　在老家时，许姜听老人们说，菩萨度一切苦厄，庇护世人，断断没有收人红包的道理。

　　所幸许姜争气，青榆中学的入学考试中她考了第一名，主任把他如何发现这棵好苗子的过程，当着许姜的面儿，添油加醋地说给校长听。

　　校长当即决定把这个努力的小借读生，安排在老教师于秀敏的班级。

　　"于老师是我们青榆中学的特级教师，有丰富的教学经验，多少人挤破头想进她的班都进不来。"招生办主任把许姜领到班级门口，随意指了张后排的桌子让她坐，"你先进去吧。"

　　主任从怀里掏出张姓名条递给她："对了，在这个班级里你就不叫'许姜',叫'许慧欣',懂吗?"

如果是现在的许姜,会明白主任这样做只不过是偷天换日,想让她一个没背景的穷孩子顶着别人的名字上学,然后再把借读的名额卖给别人。

但那时的许姜不知道。

许姜盯着姓名条看了会儿,疑惑地抬头问道:"老师,我是自己考进来的,校长说给了我插班生名额。"

主任不耐烦地挥手:"你懂什么!让你叫什么就叫什么,有书念就不错了,知道吗?"

许姜被吼蒙了,讷讷地点头,在教室最后一排坐下。

半个小时后,于秀敏班上的同学基本都到齐了。许姜坐在垃圾桶旁边,好奇地打量着周围的人。

他们的衣服都很新很漂亮,一丝褶皱都没有。男同学手腕上人均一块帅气的机械手表,女同学束起的高马尾上绑着晶莹剔透的水晶挂饰。

草莓的、爱心的,还有透明的漾着水蓝色的正方形小块的。

各种各样,都是许姜没见过的。

家里昨天欠了水费,早上洗漱的水都是前些天姜兰用塑料桶攒下来的,更别说有多余的水让许姜洗头发。

许姜装作不在意般撑着下巴四处打量,暗暗努力地用手指想从梳好的头发里薅出几根碎发,悄悄揉了几下,让自己从正面瞧着蓬松合群些。

而不是这样的格格不入。

许姜前面的空位子来了个男生。他把新书包随手甩在桌子上，人猛地往下一坐，瞬间把许姜的课桌顶起一个角。椅背挤着课桌，发出"吱吱"的哀鸣。

最后一排后面就是墙，没什么转圜余地，许姜尝试着挪了几次桌子未果，只好轻轻拍了拍前面男生的肩："同学，能往前挪挪吗？我这里太挤了。"

男生转过头，上上下下打量她一番，阴阳怪气地开口："怎么别人都不挤就你挤？减减肥吧土老帽。"

周围传来一阵嗤笑。

许姜涨红了脸，没说什么，只得尽量缩小占用的空间，把脸埋进了臂弯。

姜兰和许卫国都觉得对不起闺女，两个人省下点钱就给许姜买好吃的。许姜也不懂怎么拒绝，更不擅长用语言表达感激，于是就尽量把那些东西都吃完。

不管爱不爱吃，把他们给的都全盘接受，不惹事，就是许姜表达感恩的方式。

她低头看自己肉肉的手掌，不太开心地戳着上面四个凹陷的小小的坑。

许姜这份难过没能持续多久，于秀敏踩着高跟鞋的声音踢踢踏踏在走廊里响起，班里迅速恢复了安静。

十几秒后，一个中年女人推门而入。

于秀敏和许姜印象中的老师都不太一样。在县城读书时，老师们总是穿得跟她们差不多。简单朴实，浆洗发白的蓝布褂子，一个季度两条深色裤子换着穿，颜色也是差不多的蓝和黑。

如今在她眼前，站在讲台上大名鼎鼎的资深教师，身上的稠黄底色的宽松连衣裙上绣着大朵盛开的牡丹花，细密的枝叶钉满透明的水钻，在阳光下一闪一闪，是许姜没见过的好看。

"全体起立！"于秀敏把学籍簿拍在讲台上，吐了口唾沫，手指在嘴唇上飞快捻过，"点到名字的同学坐下。"

"赵时羽。"

"到！"

"蒋煜。"

"到！"

"……"

许姜费力地从狭小的空间中站起来，动作极轻地将椅子塞进课桌下，才勉强给自己争取了点舒适空间。

视线范围内站着的同学越来越少。

"周溪山！"这个名字于秀敏叫了三遍，仍是没人应。

那个叫蒋煜的男生懒洋洋地举起手："老师，周溪山今天发烧，可能要晚点到。"

于秀敏眉头拧在一块儿，眼神落在蒋煜和周溪山签名处的星号标记后，纠结的眉毛渐渐舒展开。

她态度和顺地点点头："行，老师知道了。"

于秀敏合上学籍簿，蓦然发现教室最后排还站着个有些微胖的女生。于秀敏再次把学籍簿从头到尾看了一遍，确定除了周溪山，没有遗漏的学生。

"你出来，其他人先自习。"于秀敏把教室门打开，换一种高傲而冷漠的眼神从上到下打量着许姜，"拿着你的书包。"

整个班级的学生陌生的审视目光像箭一样射过来，许姜一时间手足无措，眼底迅速涌上湿意，恨不得找个地缝钻进去。

她拎着自己的所有东西，在狭小的过道里努力显得灵巧轻松，不在这些大城市有钱人家的孩子面前显露太多怯意。

像小时候钻水泥管道一样轻松。

教室门重重地在许姜身后关上。

于秀敏问："你叫什么名字？"

许姜垂头，声音很低："……许慧欣。"

"抬头说话。"于秀敏皱着眉，对眼前女生怯懦的表现不太满意，"你再说一遍，我没听清。"

许姜抬起头，于秀敏严厉的眼神宛如鹰隼，仿佛要把她的脸盯出个洞，然后钻进许姜的大脑，去看看她是不是在撒谎。

"老师！"一个男生清脆的喊声打破了于秀敏的压制，那个声音的主人一路跑到她们身边。

少年站在许姜身边剧烈地喘息，却看到于秀敏比了个手势，要他等会儿再说。

于秀敏转过头，面对着仍然保持沉默的许姜，再难以抑制泼辣的脾气："你听不见我在问你话吗？

"还是说你根本不知道自己叫什么名字？

"在学校里回答老师的问题，是最起码的礼貌，你不清楚吗？"

许姜被疾言厉色的于秀敏吓得说不出话，指甲死命地抠着掌心。她记得主任的叮嘱，沉默半晌后用比刚才大不了多少的音量回答道："许慧欣。"

"许慧欣？"于秀敏秀挺的眉皱在一起，语气不佳，"许慧欣的父母在开学前就说她转去国外上学了，怎么现在又蹦出来你这么个'许慧欣'？你自己看，学籍簿上有你的名字吗？

"我最讨厌学生撒谎。"

许姜飞快地抬眼，确实没有"许慧欣"。

也没有"许姜"。

"把你的课本拿出来。"于秀敏冷着脸说。

许姜愣了一会儿才想明白，她是插班生，没有青榆的学籍。主任走了，她也没办法向于秀敏证明，自己就是要来这个班上学的。

许姜恍惚间，手中的书包被人劈手夺下。于秀敏宛若不败的战神，带着雷霆盛怒，非得从她的书包里翻出个能证明她叫什么的凭据。

可许姜的书包空空如也，除了早上姜兰给她灌的半塑料瓶热水，什么都没有。那个温热变形的塑料瓶在于秀敏的晃动下，挣脱书包的束缚，掉在地上，滚了很远。

许姜低头揉了揉眼睛，靠近墙壁。冰凉的大理石墙面给了她一些清醒的勇气。

"许姜。"

她忍住没哭，鼻尖仍有涩意："我叫许姜。"

气氛冷凝。

没有人说话，许姜垂着头，几乎在这漫长的沉默里窒息。

"我不管你是谁塞进来的，总之回去告诉他们，没经过我同意就想往我班级里随便放人，绝对不可能。

"该去哪里上学，就去哪里上学。市里对于学区有明确的划分，你自己不清楚，但你的家长应该明白。"

于秀敏把书包递给许姜，见她迟迟不接，随手把那只书包放在她脚边，说道："收拾东西走人，这不是你的学校。"

于秀敏说完，转向旁边的男生，缓了口气："你是周溪山？"

男生点头。

于秀敏脸上泛起点笑容："我和你母亲认识。对了，蒋煜不是说你今天感冒发烧吗？发烧就休息一天，正式上学需要准备的东西我会发给你妈妈的。"

周溪山"哦"了声："那我先走了，门口司机还在等。"

"好。"于秀敏转过头，看见许姜还在原地杵着，没说什么，踩着高跟鞋回了教室。

高跟鞋踢踢踏踏的声音，像一把锋利的尖刀。

许姜站在原地，低垂着头。看着有新同学，周溪山也没急于走。

花灰色大理石地砖精致漂亮，而她穿着发黄破了网的白色运动鞋，裤子的小腿部分有三四次扦裤脚的痕迹——格格不入，像个外来的入侵污染源。

姜兰是个会过日子的女人，给许姜买的裤子总是长很多，这样她无论长高、长胖、穿多、穿少，都还能穿。

如今那些蕴含着节俭和母爱的细密针脚，却如同无数荆棘利刺，把许姜所剩不多的自尊扎得千疮百孔。

"你叫许姜？"周溪山站在她旁边，于秀敏走后他的声音中

018

多了股漫不经心的慵懒，"你的……"

许姜垂着的眼帘里，忽然闯进一双白色板鞋，上面画着一个对钩，是她在教室里看见许多人穿的牌子。

他干干净净的鞋才衬得上花灰色的大理石地面。

"是。你叫我干什么？"许姜强自镇定地转过头，目光平静地对上周溪山的视线。

然后没能挪开眼睛。

她在县城读书时，从没见过长得这么高、这么白，又这么好看的男生。

他身材瘦瘦高高，穿着细条纹的白衬衫，发型干净清爽，浓黑如墨的眼睛里有股聪明剔透的灵气，像她在老家集市上看过的，被众星捧月，认为能给人带来好运的天神少年。

他手腕上黑色的机械表发出轻微的响声，繁复表盘里各个表针规整地运动着，像守卫王子的忠于职守的卫兵。一只黑色书包斜斜地挂在他肩膀上，背带上用金色的线绣着"ZXS"三个字母。

周溪山的每一件东西，都把他和许姜的区别划分得泾渭分明。

——自信、骄傲、丰衣足食，都与许姜相反。

"你的水。"周溪山不知什么时候捡起了她的塑料水瓶，那只温热变形的塑料瓶在他干净的掌心里显得十分滑稽。

许姜匆匆接过道谢，两人交接时水瓶上印着瓶标的塑料薄膜终于不堪重负，掉了一大半，垂在周溪山的手背上。

破旧塑料封皮上泛黑的胶印衬着少年的冷白皮肤，格外扎眼。

许姜心中的难堪霎时累积到最大值，红着眼圈留下句"对不起"，便匆匆逃开。

她污浊不堪，应该躲他远远的。

那天，许姜没能走出校门。

校门口的保安一再让她出示学生卡以及班主任批的假条，否则不让出去。许姜怕再和周溪山遇上，反复跟保安哀求解释。

"我真的不是这所学校的学生。"

"……怎么进来的？我来找人就混进来了。"

"求求你了叔叔，让我走吧。"

周围探寻的目光越来越多。

说到最后，许姜心中歇斯底里的情绪彻底爆发，几乎是哭着尖叫："你看我的书包，里面没有青榆中学的教材！我身上也没有青中的校服、校徽，更没有校园卡！我什么都没有！这不是我的学校！求求你让我走吧！"

许姜知道自己现在一定很难看，和村头薅头发吵架的泼妇没什么两样。可她顾不得那么多，一心只想赶紧离开青中。

身后传来一声轻轻的喟叹，许姜下意识地放缓了动作。

周溪山把学生证递过去："妹妹身体不舒服，我们两个要离校，于秀敏班的。"

保安看了眼登记在册的通讯录，于秀敏的名字赫然在列。

"打过招呼就说清楚，又哭又闹的像什么话。"保安嘀咕几句，按开了学校伸缩门的按钮。

出了校门，许姜飞快地走向街角，直直走向距离青中门口很远的文具店。

第三棵树下，锁着她的自行车。

周溪山仍旧不紧不慢地跟在许姜身后。

许姜道："你别跟着我。"

周溪山笑道："这条路写着许姜的名字，只许你走，不许我走？"

许姜抬起头，红肿的眼角让周溪山一怔。

她没理他，自顾自地打开车锁，推着橘色与黑色相间的小自行车往前走。

二手车总有些毛病，车链刮着外面的铁皮，车轱辘每转一圈都会发出刺耳的声响。

许姜听见这声音也只身形微顿，然后继续往前走。

周溪山仍旧跟着她。

许姜目前人生所经历的最黑暗不堪的时刻，都被身后的男生见证。她破罐子破摔地想，反正以后不会再见面。

爱跟多久跟多久。

晨光追着许姜和周溪山的影子走，走到天边的云朵都散成烟。

破自行车依旧卖力地"嘎吱嘎吱"响着，周溪山仿佛听不到一样，步履轻松地跟在许姜身边，好奇地问："学校里就有车棚，你为什么不把自行车停到学校里面？很方便。"

许姜当然看见了学校的自行车车棚。

里面停满了崭新威武的"大赛"、山地车，甚至还有她来了青榆之后在书店杂志上才看到的，色彩非常鲜艳漂亮连刹车都没有的"死飞"。

她的破车哪配得上这样的车棚。

就像许姜不属于青中，她的车也不该停进学校。

"我喜欢文具店门口的那棵树，"许姜吐字很慢，仿佛在说服自己，"所以停在那里。"

"周……"

男生笑着接道："周溪山。"

"周溪山，你别跟着我了。"许姜用力攥着车把，手心被防滑垫细小的颗粒硌得生疼，"校门口不是有车在等你吗？"

周溪山耸耸肩道："我不太喜欢这个班主任，骗她的。"

许姜看了他一眼，没理他，推着车慢吞吞地走。

路过一家冰激凌店时，许姜偏头看了眼店门口的海报上淋了果酱的冰激凌球，微微顿了下脚步。

"这家店的冰激凌味道不错，走吧，我请你吃。"周溪山望着许姜沉默的背影，继续说，"今天打折呢，全店商品第二份半价。"

许姜忽然停下来，缓慢地眨眨眼，推着这辆小破车掉了头，锁在冰激凌店门口。

"不用你请。"许姜抹了把额头上的汗，看着周溪山，"我请你吃。"

周溪山的眼睛又黑又亮，笑起来弯弯的，像夏天在许姜老家山上经常出没的，点着灯笼的萤火虫。

许姜别过眼，耳根莫名有点热，丢下句"在这儿等着"，转身跑进了冰激凌店。

几分钟后，她拎着两支奶油冰棍小跑过来。

"我身上只有三块钱，只够买这个。"许姜把一支冰棍递给周溪山，然后坐在马路边。

周溪山也跟着坐下来。

许姜像看怪物一样看他："这里很脏。"

周溪山一脸莫名道："你不是坐了？"

许姜沉默半晌："可你的裤子是新的。"

周溪山无所谓地撕开包装纸："没事。"

许姜没再管他。家里有司机的大少爷不懂人间疾苦，见惯白天鹅的人，忽然看见她这么个苦哈哈的丑小鸭，好奇也正常。

许姜望着不时开过的车，慢慢舔着冰棍。

这是许姜来青榆之后第一次吃冰棍，姜兰和许卫国赚钱不容易，节衣缩食省钱给她花，许姜心疼他们，总是能不花钱就不花。

她侧头看了眼周溪山，发现他不知盯着自己看了多久，手里的冰棍都化了，奶油顺着他的手往下淌，眼看要落在他黑色的裤子上。

"不好吃可以给我。"许姜说，"晒化了。"

周溪山宛若刚回了魂，慌忙换了只手拿冰棍，几口把冰棍吞进肚子。

许姜问："需要纸吗？"

周溪山点头。

许姜回："我没有。"

周溪山道："……我有。你帮我拿。"

许姜从他背包侧面摸出一包没开封的纸巾，撕开后，里面飘出一股很甜的蜜桃味，抽出来的纸巾上印着桃子形状的粉色印花。

有钱人家的小孩连纸巾都这么精致。

许姜羡慕地看了周溪山一眼。

周溪山却忽地涨红脸解释："这是我妈买的！我平时不会用这么'娘'的东西！"

许姜垂下眼，把纸巾塞回他包里，趁周溪山转身的时候，偷偷抽了张塞进自己的口袋。

许姜心跳很快，手心的汗意隐没在潮热中毫不起眼，可这种偷窃行为让她很难为情，羞愧与窃喜同时席卷过许姜的大脑，像一阵燎原的烈火，把她的思维烧成一片空白的平原。

她想要这张纸巾。

偷来这张纸巾，就仿佛能从这个纤尘不染的少年身上偷出一点希望。

许姜迅速地打开车锁，慌乱中几次才踩上自行车的脚蹬。

"许姜，其实我也有两个名字。"周溪山在身后叫住许姜，几步走到她面前，"我妈身体不好，流了两个孩子才生下我，我小名叫'喜三'。

"周喜三，比你那个名字难听多了吧。"

许姜眼底涌出一阵热意。

"周喜三，什么破名字。"许姜抹了把脸，晃晃悠悠地骑上自行车。

"许姜！"

周溪山没有再追上来，而是在她身后喊："下次我骑自行车来，也把车锁在文具店门口的大树边好不好？

"许姜！我们正式开学见！"

许姜在拐弯时动作幅度很小地回了头，看见周溪山还在原地朝她挥手。

不会再见了，周溪山。

在路人眼里，他们这两个背着书包却没上学的怪小孩，应该是同类。许姜这样想着，眼底又是一热。

许姜以为自己的一切都没有人在乎。

但在这个夏末，这个冰激凌店前，一个叫周喜三的少年给了她不同答案。

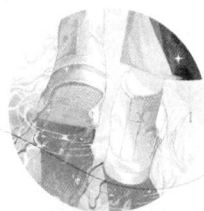

BUI I I SHAN

第二章
我以为春天到了

"喂，许姜。于老师问你话呢，怎么愣神了？"蒋煜半搭着周溪山的肩，朝病床上的人努嘴，"于老师刚问你去英国读的什么专业。"

　　许姜脑子里飞快地闪过那一长串的课程英文名，对上于秀敏难得称得上温和的眼神，含糊地回答："大概是国内的管理类吧。"

　　于秀敏的脸色和善了不少，说道："嗯。听说前几年你父母做生意赚了钱。学管理蛮好，以后还可以接他们的班。"

　　她才不会接班。

　　许姜不愿和于秀敏说太多，应承了几句就退到人群之后，努力降低自己的存在感。

　　后面于秀敏好像又说了几句去青中什么的事，许姜听得不太真切，也不感兴趣。

　　她在偷偷地看周溪山。

　　周溪山似乎很疲倦，也站在人群外，半靠着墙，垂着头打盹儿。

　　许姜放轻了呼吸，悄悄地朝周溪山的方向挪了一小步。

从医院离开时，几个人商量准备一起吃餐饭。或许是因为于秀敏这位班主任的影响，班上同学的关系都比较疏远，毕业之后也没人组织聚会。

当然，也可能是组织了聚会但没叫许姜。

赵时羽这朵交际花发挥了强大功效，七七八八聊得差不多后，她走到许姜身边，与许姜咬耳朵道："你不去也行，反正这些人中除了三哥和蒋煜，哦，还有我，没你特好的朋友。"

"她们见你变化这么大，都攒着劲儿呢。"赵时羽意味深长地看了眼不远处的两个女人。

许姜努力地在回忆中搜寻那两张脸，检索良久才回忆起："……是钱美琳和姚思安。"

赵时羽道："是，这两人以前就不是好鸟，姚思安还追过三哥，你们关系很紧张的。"

许姜掩饰性地摸摸耳垂，说道："周喜三又没追过我，我和姚思安关系紧张什么。"

赵时羽道："啧，我当然知道你俩清清白白，那女人不是把你当成假想敌嘛。"

"什么追不追的。"蒋煜吊儿郎当地嚼着口香糖，走过来，问道，"我们许姜小美女现在名花有主了？"

许姜摇头道："还单身呢。"

蒋煜笑着打了个响指："行，等有人追你，把人领回来给我和三儿看看，作为娘家人我俩得把关。你说是吧，三儿？"

周溪山正低头划拉着手机屏幕，手指顿了下，下一秒笑着抬头："那当然。要是有天许姜嫁人，我得泪洒十里长街，再陪送两车嫁妆。"

许姜想从周溪山的脸上找出点破绽，却发现他连嘴角扬起的轻松弧度都清清白白，无可指摘。

她局促地笑了下，转头上了副驾驶座。

赵时羽也上了周溪山的车，蒋煜和另外一个男生开车接走了其他人。

周溪山在车载导航上输入了饭店地址，冰冷的机械女声让安静的车厢里没那么让人窒息了。

许姜望向窗外，寂寥地看着一排排飞速闪过的树。

"许姜，回国之后有什么打算？"周溪山打了个转向，随意聊着，"准备去哪里高就？"

许姜应付这个问题游刃有余："怎么，周老板给安排？"

周溪山笑着摇头道："你这高才生，庙小养不起喽。"

许姜刚想问哪里养不起，微信"叮叮"响了。

赵时羽：【三哥家出了点事。】

赵时羽：【三言两语说不清楚，总之你别提钱啊、工作之类的。】

赵时羽：【有时间我慢慢跟你讲。】

周溪山忽然开口："有事？"

许姜连忙按灭了手机，回道："没事，推销的。"

许姜这车人是最后到的，不知有意还是无意，许姜的位子被安排在钱美琳和姚思安两个人之间。

赵时羽一进屋，脸色就垮了。

许姜把她拉到一边，说道："你气什么。"

赵时羽气得撸袖子："这两个小蹄子看你现在学业有成、貌若天仙，就想给老娘搞事！上学的时候这两个人就总损你！今天这安排也是没安好心！

"你忘了她们怎么整你的了，许姜？"

许姜当然不会忘。

初中正式开学时，许姜还是回了青中，去了于秀敏的班级上课。

具体过程许姜不是很清楚，那天她回家后只是平静地把事情叙述完，做好了不上学的准备。

姜兰看着女儿肿得像两个烂桃的眼睛，心中憋着气，不知道从哪里搞到了校长家的住址，在楼下不分昼夜地等了三天，才等到了校长。

校长知道自己选中的小插班生没能顺利上学，当时就气得不行，马上给招生办主任和于秀敏打了电话，不过十几分钟就解决了许姜的上学问题。

似乎因为招生办主任从中作梗，于秀敏和许姜彼此心中仍然有些疙瘩，但因许姜的优秀，于秀敏还是痛快地把她归入自己的班级。

最后，许姜总归还是顺利地踏入青榆中学的初中部。

许姜知道自己跟周围人的差距，平时只顾闷头学习，很少和别人接触。

许姜的同桌是个叫赵时羽的小姑娘，性格很好，虽然许姜寡言少语，赵时羽还是凡事都带着她，两个人成了众人眼中的好朋友。

至于周溪山，许姜没再主动与其说过一次话。

周溪山有了许多新朋友，似乎把夏末许姜倾尽所有买来的奶油冰棍忘在脑后了。

许姜也没再提。

她记得姜兰说过，上赶着不是买卖，她也不想去给自己争来那人的友谊。

讨来的东西，总是不长久。

开学后不久，班级里统计秋季校服的尺码。

许姜在县里上小学时，学校里从来没有校服这种东西。蒋煜是班长，在黑板上写了体重和对应的尺码，让大家按照自己的需求去他那里登记，明天还要交一百二十块钱。

许姜应该穿 L 码，但想起姜兰给她买什么衣服都要大一点的习惯，她又觉得订 XL 码才是对的。

赵时羽现在不在座位上，许姜没有其他熟人，只好自己一个人闷头想。

姜兰每次带她买衣服都会跟老板讨价还价，然后买个大点码数的回家，所以许姜不确定 L 码和 XL 码是不是同样的价格。

虽然在她心里衣服的价格应该和码数无关，但校服应是工厂定制的，XL 码毕竟比 L 码更大，用的布料也更多，价钱贵一点好像也正常。

许姜拿不定主意，想去问问蒋煜，恰巧看见蒋煜钩着周溪山的脖颈，笑嘻嘻地出去了。

更懂这件事的人，似乎只有坐在讲台上改卷子的于秀敏。

许姜原本不想去问她的，但想起来姜兰在家里千叮万嘱，不要和老师生气，有什么事主动问老师，多交流就能跟老师搞好关系。

许姜心里知道不是这样的。但对世界还懵懂无知的少女许姜，还抱着一点点残存的希望和天真幻想，小步地挪到讲台旁边，细声细气地开了口。

"于老师，校服都是一百二十块吗？XL 码和 L 码都是一样的价格？"

于秀敏疲倦地揉揉眉心，抬起头看见许姜的脸，眼神里透出的理所当然中混杂着不可思议："黑板上不是写着吗？你看不懂？"

许姜试图解释自己的想法："我看见黑板上写的了，但是——"

但是我觉得不同码数的衣服也许价格会不一样。

但是我还想问问清楚。

许姜的话哽在喉咙，紧绷的肩颈却松弛下来。

于秀敏把笔扔在卷子上，许姜看见她白皙的手指关节沾染的红墨水。她在老家时见到的老师们，都没有这样的手。

"许姜，老师很忙。我不是你一个人的专职教师，全班五十多个孩子，如果都因为这点小事来问我，我会被累死。"

言外之意，是要许姜有点眼力见。

说完，她接了个电话，踩着高跟鞋"噔噔噔"走出班级。

红墨水钢笔被甩得漏了墨，鲜艳的红色墨水洇进纸张中，转瞬间就变成了暗淡的红。

深红近黑的墨水脏污处，写着许姜的名字。

仿佛她应该这样活着，藏在泥泞的黑暗中，不被人看见，不被人发现，否则就要被甩上这样污浊的墨水。

许姜吸吸鼻子，正好看到蒋煜回来，就去登记了校服尺码。

钱美琳和姚思安就跟在她身后。

"安安，原来我们班的女生还有穿 XL 码衣服的啊！"钱美琳凑在蒋煜桌前大呼小叫，兴奋又鄙夷道，"那穿在身上不就像麻袋一样？"

钱美琳咯咯笑着，姚思安没答话，上扬的嘴角却暴露了她此刻舒畅的心情。

贫穷、孤僻、身材，她们再也找不到比许姜更合适的嘲讽对象了。

"许姜，以后我们就叫你姜小胖怎么样？或者大姜？胖许？你喜欢哪个？"钱美琳凑过来，故作天真地问许姜，引发了周边不小的笑声。

"琳姐还是客气了，许肥肥！"

"那不如叫姜小猪？"

"小猪想把我们于老师累死呢，这点东西都看不懂吗？"

"干脆不要上学了，进厂上班算了。"

"哈哈哈哈哈哈……"

许姜看似一脸平静地坐在座位上，实则已经难堪到身体开始细微地痉挛。她抬眼看向钱美琳，那张白净的瓜子脸上红润嘴唇张张合合，许姜却一个字都听不见。

她再看向周围，同学们的脸全都虚化了，五官模糊不清，只有一张血红的嘴，上扬着嘴角，尖厉地笑。

那些笑声像能吸食许姜生命的血蛭，嗅着她的味道，不留余力地吸走她的尊严。

只是几句话而已。

许姜搓搓脸，努力让自己冷静下来。

只是几句话，她们伤害不了自己。

蒋煜刚回来就被两个男生拉着问校服尺码的事儿，转过身来看着眼前的一切只觉得荒唐，厉声喊道："够了！"

教室里渐渐安静下来。

下一秒，周溪山从门外进来，一眼看出气氛的不同寻常。没等周溪山去问蒋煜，姚思安把他拦下来，温温柔柔地开口："许姜有点不舒服，趴着呢。"

周溪山走过她，来到许姜课桌前，轻轻敲了两下桌板。

"许姜。"

他喊她。

许姜抬起头，眼神还有点涣散，迷茫又孤寂，无法聚焦。

"许姜，看着我。"周溪山声音放低了些，微微俯下身子，问道，"你还好吗？有没有哪里不舒服？"

许姜的眼神收束聚焦，逐渐落在周溪山的眼睛上。

她点点头，又摇摇头。

　　周溪山欲言又止，手忙脚乱地从兜里翻出一包没开封的纸巾，上面画着两颗大大的水蜜桃。

　　原来他没忘记，许姜想。

　　"现在可以跟我说了吗，你在难过什么？"打完了暗号，周溪山问。

　　许姜看了眼四周，对上钱美琳和姚思安挑衅又不安的眼神，沉默许久。

　　"周喜三，"许姜声音很轻，"L码和XL码的校服价格该是一样的吗？"

　　周溪山被这个称呼叫得一愣，挠挠头道："是一样的。同样的衣服卖给不同身材的人，因为大小号不同就价格歧视，谁还会买这种品牌的衣服？"

　　周溪山说，因为尺码不同就歧视，是不对的。

　　许姜愣神时，蒋煜走过来把登记表递给周溪山，跟他耳语了几句。

　　周溪山草草扫了眼，低下头笑着对许姜说："其实我觉得你想得有道理。同样的钱买大码的衣服可以多得到很多布料，很划算。"

　　教室里一片安静，没人觉得周溪山说得不对，因为他是周溪山。

　　周溪山从许姜桌上随便拿起一支笔，在登记表上写下自己的码数："我也决定订大一个码的校服，向勤俭节约的许姜同学学习！"

　　蒋煜搭着周溪山的肩，笑着在他耳边说了句什么，教室里冷凝的气氛渐渐缓和。

"周喜三。"许姜忽然回头，叫住了他。

"我可以一直这么叫你吗？"

周溪山回头，俏皮地朝她眨了下左眼，说道："当然可以。"

像起了波澜的湖水骤而恢复平静，班里又像什么都没发生过一般。几个男生跑过去围着周溪山说话，以钱美琳和姚思安为首的女生聚成一团，边说话眼神边瞟向周溪山那边。

许姜一个人坐在教室中间，像中心对称图形旋转的中点一样孤单。

或许也没什么，许姜想。

周溪山是大家的。

但周喜三是许姜的。

"要是当时我在教室，我上去就得给那两个小蹄子甩两个大耳刮子！"赵时羽站在包厢外，恨铁不成钢地点着许姜的眉心，"你啊，就是性子太软，上学时才让人欺负。"

"老于不管就去找教导主任，主任不管就去找分管校长，谁都不管就去找媒体，找记者！带着媒体去教育局，告她们搞校园霸凌！"赵时羽恨得几乎把一口银牙咬碎，"都是她们带的头，那时候跟她们一伙儿的男生女生，嘴都脏得很。"

许姜笑笑没说话。

见她这副样子，赵时羽垮下肩道："我当时做得也不够，不然不会让你受这么多委屈。"

许姜从包里翻出薄荷含片，撕开包装塞进赵时羽嘴里，温声说："顺顺气。"

许姜道："时羽，'校园霸凌'这几个字在我们小时候可是很严重的指控。她们把我堵在厕所打了，还是把我的书桌、课本都扔出去了？"

许姜轻叹了声，柔软的手心安抚地捋着赵时羽的背，给她顺气："她们什么都没做，只是说话难听，我又能怎么样？"

下一秒，赵时羽和许姜都陷入了沉默。

语言带来的伤害并不可视化。

身体受伤会流血、会有青紫痕迹，会成为所有人声讨加害者的证据。而心灵上的伤害不仅看不到，有时却需要当事人用一生去疗愈。

"对不起。"赵时羽抱住许姜，瓮声瓮气地道，"是我没保护好你。"

"你把我保护得很好了。后来我跟着你、蒋煜，还有……"许姜咬了下舌尖，才顺利地继续说下去。她摆正赵时羽的脸，颇为严肃地说，"还有三哥混，不是再也没人说过我什么了吗？而且现在我不是很好吗？"

"就是！我们许姜现在盘靓条顺，家底丰厚，学历又高，追求者从青榆排到瑞津，英国伦敦还要绕上两圈！"赵时羽抓着许姜往包厢里冲，"姚思安和钱美琳也不看看自己现在什么样子！走，我们现在就去把她们杀个片甲不留！"

"可算舍得进来啦，我还以为你俩偷偷走了呢。"钱美琳人胖了些，指甲上涂着艳丽的丹蔻，说话依旧夹枪带棒，"许姜过来，坐我和思安中间。"

许姜安抚般地拍拍赵时羽的手，坐了过去。

姚思安仍旧很美，比中学时候多了娇艳妩媚的女人味。如果说许姜现在是朵淡雅的茉莉，那姚思安就是开到荼蘼的红玫瑰，仅仅不声不响地绽放着，就比清汤寡水的许姜引人注目得多。

"刚才我可都问过了啊，咱们这桌男生单身的就剩蒋煜和周溪山了，要不你俩看看咱班这几个大美女，自产自销得了。"一个男生说。

"美女们都是单身吗？"

"我可不是。"钱美琳娇俏地举起右手，夸张地朝着许姜的方向画了个圈，秀她的大钻戒，"我已经订婚了，年末就办婚礼，到时候大家都来啊。"

"行。"赵时羽一脸关心，从兜里翻找着，"老钱，我到时候不一定有空，先把份子钱随了。"

钱美琳一边说着不要，一边春风得意地伸过手。

赵时羽递过两张金灿灿的卡，说道："上面那张是美容会所的金卡，快结婚了要注意皮肤管理，你看你这痘印、法令纹、眼袋，啧啧，这可不行。

"下面那张是健身房的会员卡，有两百节私教课。老钱，不是我多嘴，快结婚了就要做好身材管理，不然到时候连婚纱都穿不进，多遗憾呀。拍出来的照片也不好看，后期美工累死也修不出张能看的图。"

赵时羽一脸沉痛道："我们是实在朋友，一般人我不说这大实话的，容易得罪人，你理解吧。"

钱美琳脸色难看，憋了一肚子火，想重拳出击时对方推出一团棉花，只得咬着后槽牙把卡退了回去："谢谢时羽，我会注意的。"

有人打圆场把话题岔开，钱美琳却不愿这么败下阵来，于是一如初中时，把话题转向许姜："我这是幸福胖，我老公不愿意我减肥的。不像上学时，许姜想减都减不下来，被叫了三年的小胖子，大家都忘啦？"

钱美琳边说眼神边往许姜那边瞟，尖细的声音中有点得意，似乎在说，别看许姜现在披着人模人样的皮，骨子里还是那个被她钱美琳踩在脚下，任人揉圆搓扁的许姜。

许姜连眼皮都没抬，专注地往汤碗里盛蟹黄豆腐。

场面渐渐安静，周溪山想说句什么，被蒋煜拉住，往他嘴里塞了块绿茶饼。

"过去这么多年了，你倒是记性好。"姚思安淡淡地瞥了钱美琳一眼，"幸福胖，这顿你请？"

钱美琳似乎没想到姚思安会给许姜出头，脸涨得通红，哼了声："我请就我请。服务员！再加两个菜！"

其他人见钱美琳这副财大气粗的样子，面面相觑。

钱美琳豪气地加了四个菜，转过头来问："主食吃什么？"

服务员流畅地接话："我们这里有麻酱花卷、酱肉包、糖三角、驴肉蒸饺、米饭、面条……"

蒋煜嘿嘿一笑："我们三儿当年还有个外号呢，是不是花卷哥？"

周溪山一脸无语。

后来，周溪山去找于秀敏，主动提出要和许姜坐同桌。

于秀敏虽然性格高傲固执，心里死板地恪守着几十年来她做教师的规矩，但在教学方面的专业性确实不容置疑。周溪山那片吵吵闹闹的男生早就被她划入整治范围，上课聊天下课吵，任课老师跟她反映过无数次。

许姜确实是个不错的人选，学习好，老实话少，像只呆头鹅，周围男生根本不会跟她聊天。

也绝对不会有任何早恋的可能。

某天班会后，于秀敏干脆将班里的座位来了个大调整。许姜被安排和周溪山坐一起，前面是蒋煜和姚思安，蒋煜的前面是赵时羽。

自此，许姜就被纳入周溪山和蒋煜的保护范畴，再加上她学习成绩名列前茅，虽然不爱说话，但对问题的同学都来者不拒，让班里的人对她的恶意渐渐淡了不少。

许姜那些难听的外号，逐渐演变成更为温和的昵称。

就比如，包子。

青中上学时间比较早，跟姜兰早起去超市理货的时间重合。姜兰没时间做早饭，就会给许姜留下几块钱，让她去校门口的早餐摊买早饭对付一口。

许姜每天早上都会在青中门口的早餐摊买两个包子、一杯豆浆，揣到班里吃。怕味道大，许姜从来没买过肉馅包子，多数时候都是豆沙包和奶黄包，轮换着吃。

班里同学看了，就会叫她"许包子"。

自从有人叫了她这个外号，许姜再也没有在班里吃过一次早饭。每次都是早早来班级，放下书包跑到初中部的顶楼天台，吃完早饭再回去。

只有一天，许姜被周溪山堵在天台。

许姜记得那是在冬天，雪将下未下，天空阴沉得厉害，一大早上教室里就需要开灯自习。

那天许姜起得晚了些，到班级里的时候人已经到了一多半。周溪山也在位子上，看起来还没睡醒，一脸倦意地跟她打了招呼。

许姜没像往常一样放下书包就往外跑，而是给周溪山留了句"我出去一趟"，才匆匆朝天台走。

天上开始飘落细小的雪粒，许姜站在天台边，看到对面高中部教学楼的时钟还没到七点，才匀出时间喘了口气。

冬季校服保暖性比较好，包子放在兜里仍然热乎乎的。

许姜把吸管插进豆浆杯，猛嘬一大口，温热的豆浆顺着喉管滑下，让胸口暖烘烘的。许姜随手把豆浆杯放在一边，又咬了一大口豆沙包后，忽然听到身后有人叫她。

"许姜。"周溪山没穿校服，白色连帽卫衣很薄，根本禁不住顶楼的冷风。

刚在天台露个头，他就被冻得鼻尖通红。

"你怎么在这里吃早饭？"周溪山眉头紧紧拧在一块儿，说话时气息凝成一片白雾，"风这么大，寒气都被你吃进去了。"

许姜费劲儿地吞下那口豆沙包，又咬了一口："他们说我。"

说完许姜先愣住了。

她的口气含混，娇气地在寒风里打转儿，仿佛在向周溪山告状一般。

周溪山被冻得脸色有点白，哆哆嗦嗦地挡在她面前，遮住风口："豆浆借我焐焐手？"

许姜点头。

周溪山握着纸杯，追问她："说你什么？"

许姜急着回话，硬生生地把嘴里小半个豆沙包吞进去，噎得打嗝。偏偏周溪山站在她面前，许姜不想出丑，只好捂住嘴。

偏偏打嗝一直停不下来，许姜脸色涨红，每隔几秒就向上弹一下，规律得很。

周溪山笑了，边笑边捋她的后背："啊——"

许姜："嗝，啊——"

周溪山把吸管塞进她嘴里。

"多喝点。"他说。

天台上的寒风还在刮。

周溪山站在离许姜很近的位置，近到可以让许姜看清他密匝睫毛上细小的雪粒，听到他因为冷略微发颤的尾音，闻到他头发上清新好闻的凉凉薄荷气息。

少年身形清瘦，白色卫衣侧面被寒风荡出一抹浅浅的弧，许姜面前的风尽数被周溪山拦在身后。

他冻得指头发红，呼吸间缭绕着白色雾气，只剩一双浓黑的眼睛依然璀璨。

"他们叫我'包子'。"许姜恢复后，闷闷地说了句没头没脑的话。

周溪山了然道："'包子'很好啊，我就很喜欢吃包子。荤素搭配，营养均衡。"

许姜恼怒："但是他们说我长得像包子！"

周溪山似乎对她脸上生动的表情格外感兴趣，像在逗小猫似的挑了挑眉，问："那许姜同学，作为面食大王包子，你觉得我像什么？"

许姜回："……像花卷。"

周溪山又问："为什么？"

许姜道："因为你花心。"

说完，她就往楼下跑。

周溪山愣了几秒，追在她身后时还没忘捧着许姜的豆浆："许姜你把话说清楚！我年纪轻轻，恋爱都没谈过，怎么就花心了！"

许姜闷头朝楼下跑，听见周溪山在她身后喊："许姜！以后你帮我带饭，我也来天台吃早饭！我给你钱！"

当然不是。

许姜往楼下跑时，嘴角弯起一个微小的弧度，转瞬又垮下去。

周溪山很好，对所有人都好。

所以对她，也没有那么特别的好。

那天晚上，少女许姜咬着手电筒躲在被窝里，在日记本上写道：

> 我不知道怎样才算喜欢一个人。周喜三为我遮挡寒风，笑着叫我慢慢吃，还给我拿着豆浆杯时，我一点都不觉得冷。
>
> 他笑起来的样子好温柔，我以为春天到了。

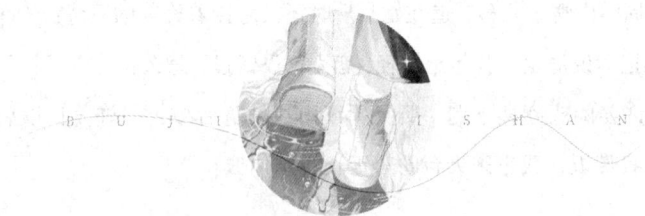

第三章

浅浅的喜欢

最后的主食还是由钱美琳拍板，选了这家饭店特色的麻酱花卷和驴肉蒸饺。

酒局上主食是最不会被人光顾的，男生们只顾喝酒，推杯换盏几杯入喉，人就越加兴奋，嗓门大了，说话时也摇头晃脑颠三倒四的。

许姜犹豫着，夹起一个麻酱花卷。她看了眼周溪山，他坐在她正对面，低声和蒋煜说着话。

也许是喝酒热了，周溪山的领口微微敞开，露出一点点锁骨的踪影。

许姜低下头，用力咬了一大口花卷。

"美女们，介不介意抽烟？"有人问。

几个女生都摇头。

"上学时候三哥怪癖多得很，咱们骑车上学，他也随大流不让司机送他。偏偏他不和咱们的车锁到一起，每次都锁在离校门口最远的那个文具店门口。初中三年，光自行车就丢了五辆。"有人笑道。

蒋煜笑了声："这还算怪癖？我俩本来每天早上一起吃早点，结果不知从哪天开始他搭错筋，每天都去学校门口买破包子吃，搞得我孤家寡人好不寂寞。"

周溪山指间夹着烟，目光极快速地扫过许姜那边，见她还在专心致志吃饭，这才轻轻地吐出个烟圈，睨向几个男生："就你们记性好。"

钱美琳发现姚思安跟她不是一边的后，也没再找许姜麻烦，一直忙着拍照修图发朋友圈。

姚思安也不怎么跟许姜交流，只是偶尔扶着玻璃转桌时，会问问许姜要哪个菜。

没人管她，许姜这餐饭吃得还算舒心。

聚餐快结束时，姚思安拿起手包，指尖在许姜面前轻敲两下："聊聊？"

许姜跟着姚思安到了女洗手间。

高档饭店的洗手间都装修得与众不同，许姜尚对着外面的性别标志犹豫时，姚思安率先推开了约有两米五高的橡木门。

工作日的上午，饭店里客人稀少，洗手间更是没人。

姚思安把手包放在洗手台边，拿出支包装精美的大牌口红，对着镜子涂抹好，又从包里拿出包女士香烟。

细细的女士香烟夹在姚思安的指间，打火机"啪嗒"一声合上，星星大小的火点明明灭灭，红唇吐出不让人反感的烟雾。

许姜头一遭觉得一个女人如此性感，居然连香烟的烟雾也是玫瑰味。

姚思安把蓬松鬈发掖在耳后，姿态慵懒，问道："还单着？"

许姜点头。

姚思安手指一顿："没人追？"

许姜又点了点头。

姚思安像是听到了天大的笑话般，笑得眼泪从眼角晕开。许姜没觉得尴尬，只觉得她的眼线好神奇，居然没晕妆。

"不好意思，单纯觉得挺奇怪的。"姚思安清清喉咙，撩拨了下头发，"没考虑过身边人？"

许姜认真道："身边人？赵时羽吗，那可不行……"

姚思安失笑道："没想到你还挺幽默的。我说身边的男生，蒋煜、周溪山，你没考虑过他们？"

"蒋煜对时羽的心思一直没断过。至于周溪山，"许姜看向姚思安妩媚勾人的眼睛，顿了顿，语气平静疏离，"没想到你还帮前男友考虑。"

"前男友？"姚思安昳丽的面容露出吃惊的神色，被玫瑰烟雾呛着连咳几声。

"我和周溪山可没这层关系。"

周溪山和许姜关系好，是班里，甚至整个青中都知道的事情。

周溪山家境优渥、成绩好，人长得清爽帅气，不说话时还有股酷酷的嚣张劲儿，待人接物又自有一派风趣知礼。

是那种让青春期里所有女生都会脸红的人。

不夸张地说，青中周溪山前后两届的女生，一半喜欢周溪山，另一半在被"安利"喜欢周溪山的路上。

大部分人都知道周溪山有个关系很好的女同桌，但她们对许姜很放心。"放心"这个词，意味着毫无攻击力与竞争性。她们都觉得周溪山可能会喜欢上任何一个人，但这个人不会是许姜。

不会是贫穷、寡淡、毫无身材可言的许姜。

某节让人昏昏欲睡的自修课，姚思安从前面扔给许姜一个纸团。

周溪山耷拉着眼皮，困倦地在演算草稿纸上写出一长串鬼画符一样的字。

许姜收回眼神，把揉皱的纸团抚平，上面是姚思安常用的淡蓝色水笔的痕迹：

许姜，你喜欢周溪山吗？

许姜迅速把纸团揉在一起，僵硬地坐直身子，眼神掠过周溪山。

他似乎被她的动作吵醒，慢腾腾地掀起眼皮，极薄的双眼皮压成三层。

"怎么了？"周溪山压着声音问。

"没事。"许姜掩饰性地摸摸鼻尖，干咳一声，"有点晒。"

教室里的靛蓝色窗帘不知道送走了几届学生，顶上的挂钩残缺不全，帘布无辜地垂落，让骄阳得以乘虚而入。

周溪山顺着光线看过来，许姜板得紧绷的脸上，确实有几块光斑。

"等着。"

说完，周溪山从包里翻出几本教材，反复尝试后挑了本大小、重量和硬度都合适的，他把书翻到中间页，立在课桌上。

许姜脸上的光线骤然消失。

周溪山一手扶着教材，一手支着困倦不堪的头："太困了……我睡会儿，老于来了叫我。"

勉力支撑的少年一秒入睡，而扶着书脊的发红指尖却一直没有松了力道。

前面的姚思安很久没等到许姜的答案，心浮气躁地又扔来一个纸团，上面写着和刚才相同的问题。

　　不喜欢。

许姜在纸上写道。

扔回去后，许姜又打开了手里一直攥着的纸团。手心里的汗让姚思安的字迹洇开了一点。

　　喜欢。

许姜写完，又自欺欺人地在后面补了一句。

　　喜欢周喜三。

然后，她把这个纸团平整铺好，放进笔盒最下面，盖上了铁皮盖子。

像把自己这份纠结的喜欢，封进暗无天日的深渊。

做完这些，许姜长长地舒出一口气，似乎放下了别人看不见的重担般，浑身轻松。

只是眼神掠过周溪山扶着书脊的手指时，仍然滚烫无边。

她听见前面的姚思安很轻地笑了一声。

许姜抿着唇，等了几秒，姚思安又扔回一个纸团。

在那行许姜的否认下面，姚思安回复道：

　　那我要追他了。

是很郑重其事的宣告了。

少女娇嫩的粉色心事，从雀跃的笔锋中就能看到。许姜不懂姚思安为什么要跟她传字条说这件事，或许是示威，又或许是要她离周溪山远一点。

许姜胸口生出许多郁意，潦草地在纸上回了个"哦"，把纸团扔了回去。

"再后来，就是听同学说，有人经常看见你和周溪山在学校里同时出现，私底下传你们在一起了。"许姜面容平静，"不是我在造谣，你问问赵时羽，她们都知道。"

姚思安眯起眼睛，吸了口烟，玫瑰味的烟雾让她思索的面容不甚清晰。

"我告白失败了。"姚思安拣记忆里重要的事情说，非常言简意赅，"至于我们经常同时出现，只是因为一些学校领导额外安排的活动。咱们青中，你知道的，总是有很多课余活动。"

"最频繁在一起的时间，是我看开了。"姚思安笑了声，"我爸是周溪山他爸的下属，偶尔会传送一些文件。"

许姜表情困顿："什么文件需要通过两个孩子传送？"

姚思安抿着唇，静静地看了她一会儿，答非所问："许姜，你很幸运。"

姚思安没再回答许姜的问题，她把烟摁灭在旁边的垃圾桶上，仔仔细细地洗净了手。

"许姜，我叫你出来，是想和你说声抱歉。"姚思安整理着裙子，抚平纤细腰身上的褶皱，"小时候不懂事，觉得旁观看热闹算不得霸凌。但后来我想，如果没有我的默许，钱美琳不敢肆无忌惮地纠缠你。"

"哦。"许姜顿了下，"但我不原谅你。"

"没想要你原谅。"姚思安像个姐姐一样揉揉许姜的头发，浅浅地拥抱她，在她耳边低声说，"许姜，现在想来，我受的都是报应。"

两人一触即分，姚思安再度潇洒地拿起手包，走出洗手间。

"我先走了，男朋友在楼下等我。"姚思安脚步在门口顿住，"许姜，从小我就很羡慕你，现在也是。"

许姜："……在饭桌上你不是说没有男朋友吗？"

姚思安笑得落落大方："是哦，很快就没有了。"

姚思安走后，许姜在洗手间待了很久，才把周溪山没有和姚思安谈过恋爱这件事消化掉。

心底属于少女许姜的欢欣刚刚冒出头，就被二十多岁的成年许姜压了回去。

洗手台上方的镜子里映出许姜清淡素雅的面庞。想到刚刚怒放的玫瑰花般秾艳的姚思安，许姜越发自卑。

周溪山不喜欢姚思安又怎样。

他也不会喜欢许姜。

古古怪怪的少女许姜长大，变成普普通通的成年许姜，同样不会收获那个人的喜欢。

许姜原本上翘的嘴角又恢复成一条平直的线条。等许姜收拾好心情重新回到包房时，只剩赵时羽还在座位上，抱着酒瓶，边看手机边嘿嘿笑。

"人呢？"许姜问。

"都看热闹去了！"赵时羽拉过许姜，"快看前方记者蒋煜发过来的实时报道。"

摇晃的视频画面里，钱美琳像被人逼疯的困兽，扑到一个男人身上，边哭边喊："你说！是不是她勾引你！我们都要结婚了，你为什么会和我闺蜜在一起？"

男人脸色愠怒，眼神时不时瞟向旁边的姚思安，小心地把人护在身后："闹成这样谁都不好看，美琳，我们回去说。"

姚思安眼神冷静地站在男人身后，袅袅婷婷地舒展开玫瑰利刺，伸向这一场仿佛与她无关的闹剧。

钱美琳脸上精致的妆容早已"泥泞不堪"，她扑向姚思安时孤注一掷的神情，像极了为了爱情奋不顾身的斗士。

许姜心里涌上一股不忍来。

她抬手拍拍赵时羽的肩："别看了。"

"好吧。"赵时羽关了视频通话，痛快地又喝了口酒，"看看钱美琳现在的样子，怎么好意思再来嘲讽你！"

赵时羽微红着脸，眼神有点不聚焦："刚刚在饭桌上，你为什么不直接嘲讽回去？钱美琳还好意思说自己幸福胖呢，现在幸福没了，只剩胖了。"

许姜拿起桌上的湿毛巾，给赵时羽擦手。

"我不想那样做。"许姜的声音很淡，听不出情绪，"我知道那种难堪的感觉，不想给钱美琳那样的难堪。"

赵时羽迷迷糊糊地半眯着眼："哦，就是网络上说的，因为淋过雨，所以想为别人撑伞。"

"没有那么高尚。"许姜笑笑，"我只是不想做那个推她到雨中的人。"

许姜和赵时羽下楼时，这场闹剧已经接近尾声，钱美琳和姚思安没了踪影，外面看热闹的人也散得差不多，天空阴沉着，正淅淅沥沥地下着雨。

蒋煜把赵时羽拥到怀里，朝周溪山吹了声口哨："三儿，把咱许姜大美女安全送回家。"

周溪山看他："用你说。"

"喝酒了，我们走走。"周溪山拍拍蒋煜，"回见。"

许姜看着把人抱走的蒋煜，目光担忧："把时羽交给他真的行吗？"

"没事。你不在青榆的时候，我们聚会都是蒋煜送她回家。"周溪山揶揄地眨眨眼，"从不假手于人。"

许姜恍然大悟道："那时羽知道吗？"

周溪山撑开伞，示意她过来，嗓音清淡："知不知道又有什么所谓。"

他手里握着一把从车里取出来的雨伞，黑色的篷布阻挡了渐渐变大的雨势。

手指骨节分明，清瘦好看。

周溪山比上学时瘦削很多。

像一把上好的剑，磨得锋利，有雪白的刃，却不伤人。

许姜静默半瞬，笑了："对啊，没所谓。"

落雨的街道格外安静，除了雨声，再听不见其他。

许姜和周溪山站在同一把伞下，远看时许姜只觉得他举着黑伞站在雨里，小臂上搭着深色西服，人与景色合为一体，像幅漂亮的水墨画。清隽而不露锋芒，如同上学时候，周溪山身上从来没有攻击性。

如今站在周溪山身边，他身上浅淡的烟草味和冷淡的须后水味混杂在一起，却猛烈汹涌地攻击着许姜的嗅觉，让她手脚发软。

许姜怕在他面前露怯，屏住呼吸悄悄向伞外移了一点。

"在外面谈对象了？"周溪山忽然问。

"唔，没有。"许姜骤而紧张，像面对申请学校时的面试官，缓慢而严谨地回答，"有个流行词说的是'母胎单身'。"

许姜感觉周溪山朝她的方向靠过来。

"那你离我那么远。"周溪山笑着把许姜拉近些，"还是说，当了几年网友，就与我生疏了。"

"哪有！"许姜结结巴巴道，"只……只不过是，我裙子上的装饰腰带太长，怕蹭到你裤腿上的水。"

她干巴巴地补了句："纯皮的。"

许姜刚一说完，心里就后悔得不行。

她怎么能心安理得地说出这种嫌弃的话，从小到大，周溪山可从来没嫌弃过她。

周溪山闻言看向许姜米色长裙垂着的装饰带，弯弯眼睛。

"这有什么，我帮你提着。"说完，周溪山牵起垂在许姜裙边的皮制裙带，裙带尾端的雨水被他满不在乎地蹭在西服上。

裙带很长，周溪山的牵引没有对许姜的行动产生任何阻碍的力量。但不知为何，许姜却觉得这根细细的绳不仅牵引着她的身体，甚至绑缚着她的灵魂，让她难以挣脱地靠向周溪山。

"周喜三，"许姜别过脸，视线执拗地盯着自伞面落下来的水珠，"我这样走路不舒服，你的姿势也很奇怪。"

又是打伞，又是牵着她的裙带。

谦卑得不像他。

许姜："我可以系起来。"

周溪山停下脚步："好，我帮你。"

许姜抢白："我自己可以！"

周溪山笑了声，挑眉道："你会系蝴蝶结？"

许姜不会系蝴蝶结，从小就不会。

姜兰教过许姜好几次，她总是眼睛学会了，手却学废了，每次都要系个让姜兰束手无策的死结出来。

于是许姜穿的鞋，都变成了魔术贴款式。

青中初中部的文艺汇演，要求每个班级每位同学都要参加大合唱节目。男生统一穿黑西裤、白衬衫加红领结，女生是红色背带裙、白色长筒袜和红领结。

只有领唱的人穿得和大家不一样。

姚思安是一条粉色纱裙，周溪山则是一身白西装。

同学们都说，他们像是要结婚一样。

那时候许姜没有心情在意周溪山和姚思安的八卦，她为了把自己塞进均码背带裙，急速减肥半个月，每天饿得前胸贴后背，除去学习，根本没有气力和心情去观察周溪山和他的绯闻女友。

许姜终于瘦了一点，成功穿上那条红色背带裙。

家中一面窄窄的穿衣镜里，少女许姜拎着裙摆，努力吸气收腹，于是镜中人也有了漂亮腰线。

似乎也配得上人人喜欢的清爽少年。

许姜想，哪怕是站在大合唱最后一排，也是和周溪山同台演出。

能和他站在同一个舞台，她好高兴。

演出那天，许姜早上只吃了一个水煮蛋，吃完后还仔仔细细地漱口，从衣柜里翻出婶婶送给她的润肤霜，挖出一小坨抹在脸上。

那是许姜没见过的牌子，里面清淡透亮的膏体散发着浅浅水果香。

同学们要到学校排队化妆，许姜特意早出门半个小时，穿着红裙子走路时，许姜觉得自己也是天鹅堆里一只漂亮的小鸭子。

许姜到青中上学后，姜兰就做主搬了家。新家比原来房子的租金贵了几百块，但胜在离青中近，地段安全，不论多晚下自习，姜兰都能少担心点。

新家和原来的家在两个方向，许姜也没再骑车，但也没舍得让许卫国处理掉那辆破破烂烂的橘黑小自行车。

怎么也算得上她和周喜三相识的见证者。

许姜到得不算早，她到班级时，班级里的同学都到了大半，坐在座位上"叽叽喳喳"说着话，等化妆老师来给他们班化妆。

周溪山的包放在座位上，人却不见踪影。

同时失踪的还有前面的姚思安。

蒋煜正和前面的赵时羽聊天，见她来，随口提了句："三儿和姚思安化妆去了。"

他们是领唱，单独去化妆是应该的。

许姜这样安慰自己，心里却不知怎么泛起点说不清道不明的感觉，像是有一块石头压在胸口，闷闷的，喘不上气。

许姜趴在桌上，眼神漫无目的地在班级里扫来扫去，头埋得越发低了。

她忽然觉得自己有点可笑。

自信得可笑。

三十几条一模一样的红裙，仿佛箍在人身上的照妖镜，计所有的粗鄙无所遁形。

一屋子鲜活伶俐的青春少女，有柔韧腰身，纤细脖颈，裹着白色长筒袜的小腿像枫叶般的天鹅足，穿着红裙子的她们是一簇簇馥郁的玫瑰花苞。

许姜不是。

她是长在玫瑰花苞旁边粗壮的杂草，等不到雨露均沾，只配得上日日夜夜与污泥为伴。

许姜下意识地佝偻起上半身，尽量用裙摆遮住自己的腿。

等待化妆的时间，漫长得如同候鸟逃避的寒冬。

"哟。"蒋煜吹了声口哨，"三哥贼帅。"

许姜条件反射地抬起头，朝门口看过去。

周溪山换好了剪裁合身的白西装，额前的刘海被化妆老师抓上去，抹了不少头油，做了个背头的发型。

这种仿照大人的装扮本该十分滑稽，但因为这个人是周溪山，是披着麻布袋子也好看的周溪山，身高腿长，气质清隽，反倒把这身西服衬得贵气十足，有种介于少年与男人之间的魅力。

他身后的姚思安一身粉纱，漂亮得让人挪不开眼睛。

不知道是谁先起的哄，也不知道是哪个男生笑着把姚思安推向周溪山。

班里一时沸反盈天，像是在真正的婚礼现场。

许姜看着周围人兴奋地欢呼，心中轰隆隆作响，那点早起时在家里穿衣镜前的兴奋，想到周溪山马上见到第一次穿裙子的她时隐秘的忐忑和愉悦，尽数散了。

如果这是一场闹剧，那她就是这场闹剧里最不重要、最边缘的滑稽小丑，却异想天开，满心欢喜地以为自己可以和男主角并肩。

周溪山很快推开姚思安，表情没什么变化，对着周围的人说："老于叫你们出去排队化妆。"

许姜的胃狠狠地抽痛了一下。

她饿得浑身没劲，站起来时人有些打晃。

这条裙子，这个合唱，都好不值得。

许姜想，甚至比不上刚出锅的奶黄包和热乎乎的甜豆浆。

许姜只来得及和周溪山打个照面，对方似乎有话要说，但走廊外于秀敏催促的声音让许姜没做停留，只匆匆点了个头。

轮到许姜化妆时，化妆师手上的眉笔顿了顿，而后轻轻在她眉上扫了几下。

"你的眉毛生得很好，不用再画了。"化妆师拿起腮红刷在许姜脸颊轻扫，面容温和，"和你们班领唱的男生一样，都长了一副好眉毛。"

许姜在心里反复咀嚼这句话，回班的路上甚至因为这句话，她糟糕的心情有点变好了。

她和周溪山一样。

许姜的脚步也轻快起来，走回班级座位时，忽然发现她丢了样东西。

她去化妆时随手放在课桌上的红领结不见了。

没有红领结，就不可以上台演出。

许姜耳边忽地一阵嗡鸣，胃部狠狠地抽搐。

她的手指死命地抠着课桌边沿，指骨节用力到泛白。许姜眼前发黑，她想张口问有没有人看见她的领结，却说不出一句成型的话。

周围熙熙攘攘，无人看她。

周溪山看出许姜的不对，把人扯到椅子上。许姜脸色苍白，嘴唇淡得没什么颜色，手心沁出冰冷细密的汗。

"别动，低血糖了。"周溪山的声音没什么情绪，甚至有点凉，"今早没吃饭。"

是肯定句。

许姜晕乎乎地想，他猜对了。

周溪山翻遍身上的口袋，可是他今天穿了西服，兜里比脸都干净。

他又问蒋煜和姚思安："你们有糖吗？"

站在旁边和姚思安说话的钱美琳看了眼许姜，翻了个白眼，嘲讽道："身体不舒服就别参加合唱比赛，现在这副样子装可怜给谁看？要是因为你一个人耽误班级的成绩，你担待得起？也太没有集体荣誉感了吧。"

"真是晦气。"钱美琳鼻腔里的冷哼声还没出来，就见周溪山猛地起身，身后的椅子骤然撞向后面的空桌子，发出一声巨响。

班上顿时安静，纷纷看向他们这边。

还没人见周溪山发过这么大的火。

"有吃的吗？"周溪山挡在许姜面前，凉凉的视线落在钱美琳的身上，居高临下。

钱美琳被周溪山的表情吓得缩了缩脖子，半晌又硬气道："没有！我就是有也不给她吃！"

"那麻烦你滚远点。"周溪山浓黑的眼睫隐在额前碎发下，那张从来都是笑容的脸此刻冷漠锋利，嘴角平直紧绷。

"你也不过一个鼻子一张嘴，"周溪山声音很淡，"装什么高贵。我看见你，才觉得晦气。"

钱美琳被气得直哆嗦，哭哭啼啼地往门外走。

周溪山一个眼神都没分给钱美琳和姚思安，他仍然站在许姜身边，像守护宝物的龙，朝周边的人散发出危险的警告。

"你们谁身上有吃的，许姜低血糖不舒服。"周溪山的声音带着竭力隐忍的怒气，"麻烦现在拿过来。我买。"

周围的人见周溪山表情不对，纷纷翻着自己的书包和裤兜，还有人直接跑到隔壁班问。

许姜慢慢恢复意识时，嘴里正被人塞着根吸管，喉咙自主地吞咽着。

"旺仔牛奶含有DHA。将来你一定比我聪明，比我强。"周溪山见她缓过来，慢悠悠地说了句广告词，把旺仔牛奶塞进她手里，"自己拿着喝。"

许姜刚缓过来，脑子发木，根本没注意到身边诡异的气氛，只低下头乖乖吮吸着。

"还有这些，挑喜欢的吃点儿。"周溪山一脸不乐意，"一会儿还有彩排，饿死鬼上不了台。"

许姜这才发现，她的课桌上摆了一堆花花绿绿的零食，各种口味的水果糖、牛奶糖、果冻，还有散装小面包和芝士卷。

周溪山上学还带这么多好吃的。

真是少爷。

"没时间吃了。"许姜想起领结的事，"我的领结……"

"领结丢了，和吃早饭有什么关系。"周溪山忽地别过脸，"给你。"

许姜接过他手中用红色卡纸折成的，皱巴巴的，不知道折了几次才成功的，简陋中带着点难看的蝴蝶结。

她没忍住扑哧一下笑出声。

周溪山趴在桌子上，凶巴巴地补了句："不许笑，我随便叠的。"

说完他又别过脸，支着头，很小声地说了句："才没有用心叠。"

许姜最后并没有戴着周溪山折的纸领结上台。

临上台前，周溪山不知道从哪里借来了另一款红领结。虽然和大家的红领结不太一样，但毕竟这是真正的领结，比纸做的更庄重些。

周溪山把那团红丝带递给许姜，气儿都没喘匀："赶紧系个蝴蝶结。"

许姜诚实道："不会。"

舞台那边的老师喊他："下一个就是你们班，领队先过来候场！"

"知道了！"周溪山应了声，转过头来，声音沙沙的，"低头，许姜。"

许姜听话地垂着头，微微倾身，任由周溪山的手指引着红丝带，灵活地穿过她白色衬衫的衣领。

他速度飞快地打了个蝴蝶结。

周溪山："看清楚了？"

许姜摇头："没有。"

周溪山无奈地弯弯唇道："时间来不及，下次再教你。"

他向台边跑了几步，像想起了什么似的，忽然回过头："许姜，今天很漂亮。"

说完，他又要离开。

许姜看着站在候场区的姚思安，忍不住叫住了周溪山。

"化妆师说，我们的眉毛一样漂亮。"许姜认真强调道，"只有我们两个。"

"好。"周溪山笑得温柔，在舞台后方阴暗的光线里，他嘴角噙着的笑像是银河里掉落的碎星。

"荣幸之至。"周溪山说。

眼前这个拎着许姜裙带的周溪山，渐渐和她记忆中的温柔少年重合。

许姜手里举着那把黑伞，两人之间的距离很近。

周溪山手上动作极快，手指除了裙带，再没碰到她分毫。

张弛有度，许姜想。

周溪山把许姜送到小区楼下时，身上湿了大半。雨水洇进他的黑色衬衫，仿佛在黑绸上落下更深一层颜色的花团。

他把自己送回家，却湿漉漉地回去。

会不会受凉感冒？

"周喜三！"许姜望着周溪山即将离去的背影，鼓起勇气道，"要不要上来坐坐！"

喊完这句话，许姜觉得有几分尴尬，成年男女这样直接的邀请总像在暗示什么。但他们相识十年，周溪山总不会多想。

……嗨，她巴不得这块木头多想。

周溪山脚步微顿，转过身，伞下面容清隽舒展："叔叔阿姨不在家？"

许姜点头："不在。"

周溪山弯唇："好。"

许姜顿住。

到了楼上。

许姜换下鞋，走向厨房，深深呼吸了几下，调整好自己的心情。

他们是多年未见的朋友，仅此而已。

朋友之间，总归没有那些拘谨和客套的。

许姜做足了心理建设，朝厨房外面喊："喝点什么？"

周溪山回："都行。"

许姜记得周溪山原来的口味，踮脚从橱柜最上面的格子里翻出一小包金骏眉。

爸爸平时不舍得喝，但总要有人喝吧。许姜这样想着，负罪感少了很多。

滤过两遍水，许姜端着茶杯走到客厅时，周溪山手腕搭着西服，仍站在门口，表情略显局促。

"不知道换哪双拖鞋。"周溪山摸摸鼻尖，"下次来就有经验了。"

许姜道："灰色那双是我爸的，红色的是我妈的。我家平时没人来，没准备多余的拖鞋，你穿谁的都行。"

说完，许姜目光落在自己脚上。

"要不你穿我的。"许姜抿起嘴角笑了，调侃道，"蜜桃粉色，很适合你。"

两分钟后。

周溪山踩着小了好几码的蜜桃粉拖鞋，坐在茶几边品茶的模样，非常滑稽。

许姜忍住没笑："周大少喝着怎么样？"

周溪山配合地赞叹："此茶只应天上有。"

回归到正常朋友模式后，许姜和周溪山相处起来就轻松很多，不知不觉就聊了将近两个小时。

两个人都很有默契地对错失的几年闭口不谈。许姜的国外生活过于寡淡，除了难以宣之于口的想念，没什么可以和周溪山分享。

至于周溪山，许姜想，他应该也没什么想跟自己说的。就像每逢国内的传统节日和新年，她都会收到周溪山的祝福短信。

【你是第 8023 个收到祝福的人，新的一年祝你天天开心，岁岁平安。——周溪山】

……是很奇怪的群发模板。

而他们为数不多的交流，也止步于这些由年节祝福开启的短信。

外面的雨声打断了许姜的思绪。

这场雨来得快，丝毫没有停下的意思，反而越下越大。两个小时过去，玻璃窗外已是暴雨倾盆。

许姜忧心忡忡地望着窗外，不知道一会儿许卫国和姜兰该怎么回家。

按照他们早上就坐高铁离开青榆的时间，现在正好是赶回来的时候。

许姜正想给他们打个电话，就看到姜兰在微信群里的消息。

【我和你爸下午从京北返青榆的飞机延误，今晚回不去。】

【天气预报说青榆今晚暴雨至明天凌晨，别乱跑。】

许姜愣了下，连忙给姜兰拨了语音电话："妈妈，你那边怎么样？"

姜兰明显没想到许姜会打电话过来，沉默了几秒钟才答道："挺好的，京北这边雨不大，但还是飞不了。"

姜兰："我和你爸在这边的酒店住一晚，明天回去。"

许姜："好。不要随便找家旅馆住，选个舒服点的。"

姜兰难得地嗯了声，挂掉电话。

许卫国坐在候机室的椅子上，正望着手里的文件发呆，听姜兰挂了电话，这才恍过神来，问："闺女什么事？"

"没事，嘱咐我们住个好酒店。"姜兰叹了口气，看着许卫国遍布血丝的眼睛欲言又止。

许卫国察觉到姜兰的动作，微微向后，仰靠在椅背上，偏头看向姜兰："你是不是在怨我？"

姜兰沉吟半晌，摇摇头："没有。现在青榆的局势，你走出这一步于公于私都毫无问题。"

"可是当年周家对咱们，说是再造之恩也不为过。无论是李曦，还是周景林，对我们都是没话说。"姜兰疲倦地揉着眉心，"公司现在和京北那边做资源置换，就是把周家又往火坑里推了一步。估计得有不少人骂我们狼心狗肺。"

"挨几句骂算什么。"许卫国表情凝重，"现在最关键的就是明哲保身。”

姜兰看了他一眼，欲言又止：“还有就是，姜姜那边……”

“小孩子家家考虑她干什么。李曦和周景林的恩情我们可以以后再报。”许卫国眸光深沉，“不论是几个周家，都不能让我们重新回到那种日子里。”

另一边。

许姜挂断这通电话后，感觉周围的气氛似乎变得有些旖旎，让她有点心不在焉。

周溪山端着茶杯，静静看着外面的雨幕，英挺眉峰微微皱起，不知在想些什么。

仿佛要淹没整座城市的倾盆大雨，身体里尚存酒精的两个人，不会再有人进入的房子——

种种迹象都在告诉许姜：不管能不能发生什么，今夜都要把周溪山留下。

只要她今晚有勇气，或许很多事情就会不一样。

那些烂在心里的话，也可以说给想听的人听。

周溪山见她挂了电话，回过神来：“茶不错，改天我请你喝古树普洱。今天时间不早了，我先回去。”

许姜侧过身，拦在他面前：“吃过晚饭再走吧，我爸妈去京北出差，今天不回来。”

她垂着头，有些忐忑不安，没敢看那双浓黑的眼。

过了两分钟，周溪山慢悠悠的声音从她头顶响起。

“……你是不是不会做饭？”

她一个人在英国生活了两年多，怎么可能不会做饭？她包的饺子可是让尝过的外国人都赞叹："Chinese Good！"

许姜懂得就坡下驴的道理，于是昧着良心点头："不会。"

"家里有菜吗？"周溪山认命地撸起袖子，走向厨房，"晚上随便吃点……"

许姜拉开冷冻层："吃牛排吧，我前几天刚买回来的。"

周溪山无奈地摇头笑道："行。"

厨房里暖色的灯光映着青年颀长清瘦的身影，许姜站在周溪山身边，恍惚间以为这是他们两个人的家。

许姜回忆着在短视频里刷到的"绿茶"话术，磕磕巴巴地模仿："哥哥在我家做饭，你女朋友知道了不会生气吧？"

"哥哥没有女朋友。"周溪山挽起袖子，娴熟地把牛排拿出来解冻，"许姜同学，把舌头捋直了再说话。"

许姜追问："真没有？你不用跟我撒谎的。"

周溪山头也没抬："真的。我那么忙，哪有时间想这些。"

许姜追问："不会跟我一样是'母胎 solo'？"

周溪山佯装发怒，举起菜刀："不做饭的人就出去。"

许姜踩着他给的台阶，走到客厅边的酒柜。

刚刚的插科打诨已经透支了许姜身体里所有的勇气值。

她不敢再问周溪山，姚思安说的是不是真的。

就像和周溪山做了十年朋友，许姜从来没有堂堂正正地对周溪山说过一句喜欢。

周溪山的手艺意料之外的不错，牛排煎得香嫩，许姜吃了不少，于是她饭后执意要刷碗消食，把周溪山推到 CD 架旁，让他选个片子等会儿一起看。

许姜收拾好厨房过来时，电影已经放过了开头。

她从酒柜里抽了一支红酒，拿着两只高脚杯坐到周溪山身边，发现周溪山选的电影是张国荣的《霸王别姬》。

直到电影结束，许姜的红酒都没有打开。

"老片子质感真不错。"周溪山关了投影屏，"你觉得怎么样？"

"不管看多少遍，每次看到程蝶衣时我都觉得……"许姜拭掉眼角的泪，看向暗淡的投屏，喟叹道，"程老板当真是风华绝代。"

周溪山抿唇笑笑，拿过她放在一旁的红酒："外面雨停了，庆祝一下？"

许姜扬起嘴角："好。"

雨后的青榆十分静谧，平时喧嚣的夏蝉此时也只慵懒地鸣叫几声。

许姜打开窗户，湿润舒适的夜风轻缓吹进屋内，清新宜人。周溪山关掉空调，忍不住感叹："果然自然风最舒服。"

他回过头问："是不是，许姜？"

周溪山穿着和普迪上班族没两样的黑衣黑裤，衣领松垮着开了两颗纽扣，下颌棱角和锁骨线条都比几年前干净利落。屋内昏黄的落地灯衬着他的浓黑眉眼，让许姜像个溺水的人，在这片名为周溪山的海域里无限沉沦。

"我去拿点东西。"许姜说。

她匆匆跑进卧室，翻出在国外官网上订的白色长毛羊毛毯，还有和富婆赵时羽一起逛街时购入的价值几百块的香薰蜡烛。

VOLUSPA象征自由与幸福的鹤望兰香薰放在落地窗前，点燃后氤氲出点点香雾，扑面而来一股清新恬淡的香气，中调是温暖的天竺葵，后调是酸甜的葡萄柚。

许姜和周溪山坐在羊毛毯上，深吸一口气，相视而笑。

周溪山举杯："味道不错。"

许姜："感谢VOLUSPA，敬自由与幸福。"

清凉扑面的鹤望兰香气，潮湿清新的夜风，静谧温柔的月光，偶尔出现的蝉鸣，暖黄色的落地灯——

这个夜晚，有太多东西让人沉醉。

喝到后来，许姜脸色微醺，靠着周溪山的肩膀。

"以后有什么打算，小醉鬼？"周溪山扯扯衣领，懒散地靠着沙发。

许姜握着红酒杯，仰头喝了一口，说道："我找好地方实习了，过段时间会再找正式工作。"

周溪山道："挺好的。"

许姜坐直身体："你不问我去哪里工作？"

周溪山颇有耐心地顺着许姜，看着她笑："好，去哪里？"

许姜忽然靠近，乌溜溜的眼睛一瞬不眨："周喜三，我去京北市工作怎么样？"

周溪山眼神微顿："不留在青榆？叔叔的公司在这里。"

许姜固执地重复："我想去京北，周喜三。"

周溪山沉默半晌，拿过许姜手中的酒杯，把她重新按回肩膀靠着。

"京北市很好，好好发展，以后别忘了你哥。"周溪山说。

许姜没应声。

他揽着许姜肩头的手缓缓松开，像在放飞一只盘旋未落的候鸟。

周溪山仰头喝光杯中最后的红酒，几滴酒液落在衬衫前襟，他恍若未觉。

"许姜，有时我觉得你很像程蝶衣。"周溪山说。

许姜趴在他肩头浅浅呼吸，不知是睡着了，还是假寐。

周溪山望向窗外繁星："而我也很像段小楼。"

他托着许姜的后颈，把人抱进了卧室。

临走前，周溪山拿走了快要燃尽的香薰蜡烛。

雨后空无一人的街道，周溪山步伐放得很慢，手里举着已经燃尽的香薰，像拿着杯喝不尽的红酒。

手机在裤袋里忽然"嗡嗡"地响动起来。

"喂，三儿，回家了吗？"

周溪山嗯了声："刚回，在路上。"

蒋煜揶揄地笑道："这么晚刚出来？怎么着，我三哥这是守得云开见月明，把小姜姜拿卜了？"

周溪山站定，沉默地看着面前的水坑，没应声。

蒋煜似乎是感觉到什么，也随之沉默下来，过了半晌才咬牙切齿地说："你想清楚了，等许姜正式去京北工作了，你还有什么机会？"

周溪山道："……看来我是最后一个知道她以后要去京北的。"

蒋煜在电话里骂了句脏话："这重要吗？周溪山你给我清醒一点，之前跟块望夫石似的把人盼回来，你现在又在等什么？上学的时候说等她考上大学，你从国外回来又说等她交换回国，人家没回来直接在国外读研，你就巴巴地等着。"

蒋煜呛声："怎么，以后还要等什么？等许姜干出一番事业，等她结婚生子，等她离婚吗？

"周溪山，主动追她是会死吗！"

一滴雨水从树叶上滑落，滴进周溪山眼前的小水坑里，激起了一层层小而密集的涟漪。

"不会死。"

又有一滴雨水，落在周溪山的眼尾。

微凉的水滴让他浓黑的睫毛轻轻颤抖了一下。

"但是蒋煜，"周溪山握着手机的手微微收紧，声音和缓平静，"你说，我现在凭什么追她？"

手机那头一片沉寂。

在周溪山以为蒋煜挂了电话时，那边忽然开口："三儿，人这一辈子就那么几十年，错过了就什么都没有了。

"不遗憾吗？"

周溪山抬起脚迈过眼前的水坑，另一只手稳稳地握着燃尽的香薰蜡烛。

"没关系。"

雨水和着地上的泥，溅在周溪山的裤脚上。

"她好就行。"

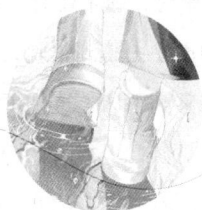

第四章

坠入爱河

许姜第二天早上醒来时，脑子还有点蒙。

昨天晚上她好像和周溪山聊到很晚，但对于自己最后怎么莫名其妙地睡着了，还瞬移到了床上这件事，她完全不记得。

许姜走到客厅，看见茶几上放着的碟片，想起了昨晚周溪山说的一句话。

他说，他自己像段小楼，而她像程蝶衣。

许姜咬着唇瓣，拿着手机在搜索软件里找答案，那么多词条却一个都对不上他们两个的状态。

戏中两个人有没有爱情暂且不提，但周溪山怎么会是段小楼呢？

那个只爱自己，不在乎程蝶衣和菊仙的假霸王，无论如何都与周溪山相去甚远。

至于许姜自己，必然不会像程蝶衣一样惨烈而悲哀地爱上一个人，更不会把自己弄得遍体鳞伤地离开。

许姜清楚自己的性格，最自卑也最自傲，从来没有为任何人折下自尊，低过头。就算有一天她真的向周溪山告白被拒，她也会体面地在他的世界里消失，做一个躺在微信列表里，安安静静的普通朋友。

许姜正抱着手机胡思乱想，周溪山的微信头像忽然跳了出来。

周喜三：【今天去青中找老于。】

许姜：【找她干什么？】

周喜三：【昨天去医院的时候，她叫我们两个回学校给她班级的学生传授传授经验，你忘了？】

许姜真的没想起来于秀敏什么时候说了这句话。

她昨天一直躲在人群后面玩手机，根本不知道秀敏说了些什么。

毕竟许姜毫不关注。

周喜三：【等下来接你。】

许姜回了个"好"，那边便没再回应。

这个时间，周溪山应该已经在路上了。

许姜从和周溪山的聊天框退出来，这才看到姜兰早上发了微信说他们已经到了青榆，下飞机直接去公司，晚上再回来。

许姜按例在群里回复了卖萌的表情包，尽职尽责地扮演一个体贴懂事的女儿。

反正她从小就如此，也算得上是个资深演员。

回复完消息，许姜又点开了与周溪山的聊天框。

她在回国的飞机上，设想过上百个与周溪山重新相遇的场面。

可能是在青榆某条街的书店，在长青街转角的咖啡店，在湖边，在公园，在码头，甚至是在地铁或者公交车上。

两个人像电影里的慢镜头一样擦肩而过，只能见到彼此模糊的剪影。

许姜捂着脸扑在床上。

昨天……实在是太突然了。

她穿的衣服不够好看，妆容不够精致，也没有给于秀敏带礼物，甚至吃饭的时候她都没有抬头跟他对视一眼。

如果周溪山是个盲盒玩家，他抽到的就是"最差一天的许姜"。

而许姜就比较幸运，她的周喜三每天都是一样的好，所以哪怕是突然袭击，她抽到的也是"最好一天的周喜三"。

只要能见到周喜三，对许姜来说，这一天就是最好的一天。

上午，两人到青中。

周溪山把车停在学校附近的停车场，和许姜步行到了校门口。保安已经被打过招呼，他们在门口登记之后就可以进去了。

"青中变化真大，"许姜对着操场上的塑胶跑道"啧啧"称赞，"我们上学的时候这里还是沙地，每次跑步都要担心摔倒。"

周溪山的声音慢悠悠地从许姜身后传来："当初某些人不是在体测时摔得很惨？"

许姜不想回忆当时的情景。

青中每学年有一次体育测试。男生跑一千米，女生跑八百米，如果不及格就没有资格参评该学年的校级三好学生。

或许对别人来说这场测试无关痛痒，但对许姜来说，每学期一个的校级三好学生名额，是她必须争取的。

校级三好学生的奖金有两千块，足够填补他们一家人两三个月的生活费。

许姜跑步速度不慢，每学期开始时她都会有计划地开始训练跑步，四分二十秒的及格线对她来说绰绰有余。但不巧的是，在临近初二那年的体测之前几天，她踩着家里的梯子帮姜兰拿东西时，不小心从梯子上摔下来，扭到了脚。

家门口小诊所的大夫叫许姜静养，不要再做剧烈运动，许姜的训练计划也由此暂停了。

直到正式测试的前一天，许姜的脚仍然好得不利索。

蒋煜每天见着她一瘸一拐地来上课，半开玩笑半认真地说："许姜，体测你这腿脚还行吗？"

"要不明天跟于老师说一声，你延后吧。"赵时羽也劝道。

要是跟于秀敏请假，难免又是一番极度艰难的心理建设。许姜嘴笨，没准哪句话又让两人的关系更加不对盘。

想到这儿，许姜摇摇头道："没事，跑步时忍忍就过去了。"

周溪山看了眼她的脚，没说话。

第二天早上，许姜和周溪山坐在天台上吃早饭。许姜坐在铁架子上，轻轻活动了下脚踝，一阵轻微的疼痛感传来，没忍住抽了口凉气。

"你脚没好。"周溪山咬着豆浆吸管，眉头微微皱起，"今天体测别参加了。"

"不用。我这样能跑完，没问题的。"许姜搓热手心，捂住脚踝，"听说今年评三好要提前，体育老师过阵子休假，要是补测我怕赶不上评奖。"

"没事，我跟老于说一声就是。"周溪山放下豆浆杯，站起身，"脚要是坏了，那些钱不一定够看病的。"

彼时班级里正在漫天传着周溪山和姚思安的绯闻，许姜心里本就酸涩难受，听到周溪山这句话，敏感的神经立刻炸开了。

"那点儿钱你肯定是没放在眼里的。"许姜一瘸一拐地站起来，紧抿着嘴唇，平静地看着周溪山，"你是少爷，我不是，所以这钱我得争取。"

周溪山愣了一下，转而向许姜解释道："我不是那个意思。只不过现在身体比较重要，而且我可以帮你和老于请假，你不用担心……"

许姜道："不用！我说过了不用！"

"许姜，现在不是任性的时候。"周溪山敛了笑容，神情渐渐严肃。

许姜被周溪山说得鼻尖一酸，委屈地红了眼圈。

她偏过头，态度强硬："我不会找于老师请假，体测我会正常参加。"

一副任天王老子来，也不会低头的态度。

"我是出于朋友的角度，才劝你请假。"周溪山霍然起身，抓起豆浆杯转身下楼。

"随你便。"离开天台时，他留下了这句话。

许姜坐在铁架子上，头埋进膝盖间哭了很久。

"于老师不喜欢我，如果去请假，肯定会被骂。"许姜抽噎着，眼泪"吧嗒吧嗒"穿过铁架，落在粗粝的地面。

"她就是不喜欢我，我有什么办法。"

许姜呜咽。

"他就是不喜欢我。"

风也呜咽。

离开天台时，许姜小心翼翼地把周溪山那份奶黄包揣进口袋，放进了教室的课桌里。

体测在上午大课间结束后准时开始。

整个上午，周溪山都没跟许姜说过话。

许姜心里明白，他是在关心自己，生气为什么她会这么别扭。

但她心里就是拧不过这股劲儿。

许姜觉得自己就像是周溪山遗落在天台上的那个奶黄包，就算扔在一边，不吃也没关系。姚思安应该就是周溪山手里的豆浆，那么生气，他下楼的时候也没忘了拿。

男生比女生先测跑步，许姜站在跑道最外圈，在那堆人里找周溪山的身影，一不小心踩到了后面的人。

"抱歉。"许姜话音刚落，就听到身后的女生刻薄地哼了声："我说许姜，体测这么大的事儿，你怎么还穿着这双破运动鞋啊？"

钱美琳满脸写着晦气，嫌恶地看了眼自己干干净净的小白鞋边沿的黑印子，朝着许姜翻了个白眼。

"下雨天你这鞋可不防滑，别在跑步的时候摔个狗啃泥！"钱美琳用肩膀拱了下姚思安，"要是在跑步时踩了别人的脚，可就没人像我这么好说话了。"

"你说是不是啊？安安。"

赵时羽刚走到许姜身边，就听到钱美琳的话，撸着袖子就想上去干架，被许姜拼命地拉住。

因为许姜看见姚思安微笑着，从校服口袋里翻出一包纸巾，递给钱美琳。

一包印着蜜桃印花的，很香的纸巾。

彼时许姜还不知道这种在她眼里高级的印花纸巾，只不过是超市里稍微贵些的面巾纸，人人都能买到，不能代表什么。

而当下，许姜下意识地眼底发热，别过了眼。

再回头时，男生早已开跑，周溪山也没了踪影。

只剩下周围毫无避讳的窃窃私语：

"一会儿我可不挨着许姜啊，万一她又摔了影响我成绩。"

"没事，你看她这几天一瘸一拐像个小瘸子，肯定跑不快。"

"崴脚了就请假等补考啊，非要因为她一个人影响大家吗？"

"钱美琳说得也没错啊，我从来没见过许姜换鞋，每天都穿着这双破破烂烂的运动鞋。"

"不仅是鞋，她里面的衣服也不怎么换啊，就那几件反复穿。啧啧，太不讲卫生了。"

"……"

许姜低头看了眼自己看不出颜色的鞋，神色不自然地把脚往后缩了缩。

"闭嘴吧你们，我们姜姜每天都香喷喷的，看你们这副评头论足的长舌妇样子，自己就干净了？"赵时羽气得冲上去，劈头盖脸地一顿骂，"许杰，你牙上还有菜叶呢。

"看看你这头皮屑，好几天没洗头了吧，头上的油多得能炒三盘菜。

"还有你这裤子，原来是灰色还是黑色啊，我真是没看出来。

"你倒是还挺讲究的，但这脑袋上能不能少戴点丁零当啷的？大姐，一会儿咱是要跑步，你当走秀呢！"

说了一圈，赵时羽出了恶气，这才满意地拍拍许姜的肩膀，说道："还得我的小姜姜，干净整洁香喷喷，上学期期末超过三哥位列年级大榜第一名，你们都学着点儿。"

嚼舌根的围观群众被赵时羽纷纷气退，她这才轻叹了口气："许姜，你不能总当任他们搓搓的软柿子。每次被欺负都不回嘴，下次他们还骑在你脖颈上拉屎。"

许姜看着赵时羽亮晶晶的眼睛，嘴角扯起了一个很浅很浅的弧度。

"时羽，我没资格。"

这不是赵时羽第一次替许姜出头。

每次钱美琳或者其他人找许姜的不痛快时，赵时羽都像一只护犊子的母兽一样，牙尖嘴利地怼回去。

他们不敢冒犯赵时羽，也不敢记仇，只是下一次还会来找许姜的不痛快。

加倍的。

就像在天台时，周溪山随口就叫她放弃体测结果，去找于老师请假，去找体育老师申请补考。

这些在周溪山看来，都是习以为常的事情，他也不认为会带来什么样的后果。

他们才是一类人。

赵时羽、蒋煜、姚思安、周溪山。

他们才是真正的同类。

而许姜不过是个想要混迹在一群高个子中的小矮子。他们每个人都心如明镜，知晓她的所有。

只不过有人说了出来，有人闭口不谈。

许姜忽然觉得有些窒息。

她是如此赤裸、不堪的，成了与众不同的谈资。

"……姜姜，你别想太多。"赵时羽拉拉她的衣角，声音放轻，"你现在这样就很好啊，真的。"

"我们都很喜欢你。"

许姜眼底一热，垂下头。

现在已经是她能做到的最好了。

可是，他还是不会喜欢她。

体育老师的喊声打断了许姜乱成一团的思路："好，现在女生到我这边集合！准备八百米体测！"

赵时羽一向跑得最快，她跟许姜说了几句话后，走到队伍最前面。

许姜在后排找了个不妨碍别人的位置，在微微倾身做准备起跑动作时，脚踝处又是一阵刺痛。

她向前趔趄，眼看就要摔倒时，小臂倏地被人抓住。

"别硬撑。"周溪山嘴角绷得平直，把许姜扶正，又道，"跑不完也没人笑话你。"

"怎么没人。"许姜小声说。

"我在，他们不敢。"

周溪山说完，就退到了跑道一边。

许姜沉重的心忽然有一丝轻快，虽然周溪山仍然臭着张脸，但他终于同她讲话了。

"嘟嘟——"

一声短而急促的哨响后，体测开始了。

许姜起跑时慢了半拍，瞬间被前方大部队拉开距离。

她着急去追赶前面的人，一时乱了节奏。很快许姜就感觉气不够用，于是只得张嘴大口地喘气。

只跑了半圈多，她的脚踝就开始疼了。

许姜刚一放松，又被身后的一个同学超过。她咬咬牙，捂着岔气的腹部继续朝前跑。

余光中，操场另一侧有个身影正朝她奔来。

是周溪山。

他刚体测完，身上还燃着未尽的热意，匀速小跑在跑道外，跟着许姜。

"许姜，用鼻子呼吸。不要管别人，找到让你自己舒服的节奏。"周溪山声音有些喘，却给人一种很坚定的可依靠感，"你只管跑，我一直在这儿。"

许姜咬着牙又跑了半圈，周溪山看出她的不对劲来。

别人都越跑脸越红，怎么只有许姜脸色越来越差，连嘴唇都泛起白色。

"许姜，是不是脚疼？"周溪山问她。

"没事，可以坚持。"许姜喃喃着，不知道在对谁说，"马上就要跑完了，只要及格就好，只要及格就好。再坚持一下。"

话音刚落，她的脚踝迅速传来一阵针扎般的剧烈疼痛，腿一软，摔在跑道上。

周溪山马上停下来弯腰去扶她，不知是有意还是无意，跟在许姜身后的钱美琳并没有停下脚步，她直接冲着许姜受伤的脚踝迈出脚步。

周溪山没多想，抬起手挡住了许姜的脚踝。

钱美琳没想到周溪山会出来给许姜挡这么一下，迈出的脚根本收不回来，硬生生踩在周溪山的手背上。虽然钱美琳放轻了力道，还是蹭掉了周溪山一大块皮。

周溪山"咝"了一声。

绽开的皮肉上有黑黑的污迹，看起来格外恐怖。

"我……我不是故意的。"钱美琳停下来，脸色难看，欲哭无泪。

周溪山只扫了她一眼，甩甩手道："帮我和许姜请个假，我们去医务室。"

许姜蜷缩在沙土跑道上，手掌和膝盖都摔伤了，却仍然尝试着阻止他："周喜三，我可以，我还可以跑完。"

周溪山轻叹了口气，蹲在她旁边道："四分三十秒了，许姜。"

四分三十秒已经是不及格的成绩了。

就算她继续坚持，也毫无意义。

周溪山单手把愣在地上的许姜拎起来，浓黑的双眸微微低垂，声音带点可怜："我保护了你的脚踝，你要不要也保护一下我这个伤员。"

许姜这才注意到，周溪山被钱美琳踩过的手背隐约开始红肿，破皮处渗出点点血珠。

要是这一脚踩在她的脚踝上，没准她就得落下点残疾什么的。

周溪山见许姜一直盯着他的手，状似无意地把手背到身后，温声问："还能不能走，许姜？"

许姜点头道："我可以。"

说完她忽然意识到，周溪山一直握着她的手腕，支撑着她摇摇欲坠的身体。

沉稳有力的、温热的，属于这个她喜欢的少年的热量与温暖，一点一滴地透过皮肤，传进许姜的心脏。

许姜连忙从周溪山的手中挣脱出来。

否则剧烈的脉搏跳动，会让她的秘密一览无余。

"你可以？"周溪山拉住险些摔倒的许姜，无奈道，"别逞强了。上来，我背你。"

许姜听完，拼命往后躲："不行，你的手受伤很严重……我挺沉的。"

周溪山勾勾嘴角，不由分说地把许姜背在身后，大步流星地朝医务室走去。

周溪山道："许姜，永远不要对一个男人说不行。"

许姜不知该怎么回答。

"沉不沉啊？"许姜屏住呼吸，努力把身体往上提，"要不我还是下来……"

"很轻，轻得像一片羽毛似的。"周溪山的手小心地窝在许姜的膝弯里，隔着裤子没有触到一块多余的肌肤，"许姜，以后早上你还得加个奶黄包。"

许姜倏地想起今早，周溪山放在天台上的奶黄包。

"周喜三，你是不是不喜欢吃奶黄包？我以后换豆沙包吧。"许姜磕磕巴巴地说。

"都可以，我不挑食。"周溪山说，"怎么突然这样问？"

"今天早上你从天台走时，拿走了豆浆，却没拿奶黄包。"许姜悄悄咽了口唾沫，小心翼翼道，"我以为你是不喜欢。"

"或者是……或者是我生气了？"周溪山认真地想了几秒，"当时是有点，但我下楼时已经调整好心态了。

"你有时候就像怎么都拉不回来的小倔牛，我跟你生气干吗？

"那个奶黄包是我故意留给你的，毕竟某人今天准备轻伤不下火线，得多补充点能量才行。"

"至于豆浆嘛，我喝完就随手拿下去扔了。"周溪山轻笑一声，"我可没有让女孩子帮我扔垃圾的习惯。"

说话间，医务室到了。

校医挽起许姜的裤腿，"啧啧"惊叹："小姑娘，你是我见过的体测摔得最惨的学生。

"你这两个膝盖、左小腿、右边脚踝，哦，还有你这两只手掌，都得先清创再包扎。"校医抬眼看向许姜，"一会儿再洗洗脸。"

"还有你，别以为你背着手我就没看见。"校医瞥了眼周溪山，拿起笔"唰唰"填了个表，"我去领点药，你们在这儿好好待着别乱跑，回来给你们两个清创。"

许姜顺着校医离开的身影看向挂在医务室里的镜子，她身后的周溪山负手而立，身材颀长，挺拔如松，风光霁月。

而她坐在床边，头发凌乱，灰头土脸。

许姜迅速地挡住自己的脸道："你别看我。"

"现在才挡啊，晚了。"周溪山从办公桌上抽出张消毒湿巾，"早就看见了。"

许姜懊恼地垂着头，跟自己生闷气。

她难道是被什么人诅咒了吗？

不然为什么截止到她目前人生中所有丢人的瞬间，都会被周溪山看见。

她正想着，脸上忽然有个冰冰凉凉的东西贴上来，轻柔地移动着。

"擦脸。"周溪山言简意赅。

"不用！我可以自己来！"许姜瞬间从床上站起来，脚尖刚触到地面，又被周溪山拎了回去。

"你这小脏爪还没清创，还是我来吧。"周溪山的手指隔着湿巾戳戳许姜的脸，说道，"抬头。"

许姜只得听从指挥，乖乖地把脸抬起来，眼睛却不知道看哪里。

周溪山离她太近了。

近到如果现在她和周溪山对视一眼，她大脑会瞬间宕机的程度。

许姜心里乱成一团，周溪山也不说话，屋里安静得能听到窗外初一年级上体育课的声音。

许姜感觉自己被撕裂成两个灵魂，一个叫嚣着要留在周溪山身边，另一个恨不得马上飞到外面去。

周溪山手指的力道极轻柔，认真细致得仿佛在擦拭一件珍贵的宝物，耐心而专注。

"好了，你照照镜子。"

许姜又看到镜子里的两个人，她的目光与周溪山浓黑温润的眼神在镜中交汇。

镜中的周溪山扬起嘴角道："许姜，做你自己很好。"

"坚持自己的目标是一件很酷的事情。"周溪山说，"你是我见过的最酷的女生。"

"今天早上是我莽撞，没有尊重你，对不起。"

所有的星星仿佛都在镜中人的眼睛里。

那一刻，她满脑子都是两个灵魂疯狂而一致地呐喊：

惨啦，许姜，你坠入爱河啦。

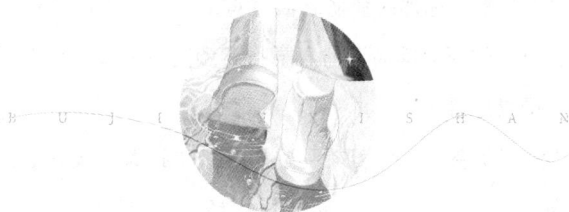

第五章

愿你都如愿

"说起来，你那时候防备心挺重的。"周溪山笑道，"我给你擦脸时，你那双圆溜溜的大眼睛滴溜滴溜乱转，后来干脆盯着镜子不错眼地看。"

"没有防备。"许姜胡乱解释着，"我那时候只是在想……你多高。"

"我？"周溪山想了想道，"初二快初三那会儿，应该有一米七八了。"

许姜惊讶道："那么高？我那会儿一米六五。"

周溪山挑眉："哦，我现在一米八七。"

许姜摸摸鼻梁："……我现在一米六五。"

"挺好的。"周溪山笑了声，"不忘初心，继续保持。"

来接他们两个的是于秀敏班级的代班老师，祖小云。

祖小云是许姜初中三年的语文老师，她特别喜欢许姜的作文。每次大考结束，祖小云都会在年级中挑选几篇佳作打印出来给大家传阅，里面总是有许姜的文章。

许姜也很喜欢祖小云，除了上课时在一众昏昏欲睡的同学中坐得笔直，另一个明显的表现就是每次发下来的一摞厚厚的卷子里，许姜会先挑语文做。

祖小云没想到许姜和周溪山一起过来，惊喜地握着许姜的手腕："秀敏只说有两个优秀学生来介绍经验，却没说是你和周溪山。"

周溪山站在一旁打趣："祖老师是在说我和许姜不够优秀。"

祖小云笑着摆摆手："你们是当时那届学生直升本部高中部的双冠王，没人比你们更优秀啦。"

"对了，周溪山，"祖小云问，"听说你高一时就出国了，什么时候回来的？"

许姜脸上的笑容瞬间停住。

"读完大学就回来了。"周溪山没有看许姜，"回来也没做别的，主要是接手我爸的公司。"

"挺好。"祖小云满意地点点头，又问许姜，"你呢，后来做什么了？"

"我啊……"许姜喉咙有点干涩，咳了几声，抬头时对上周溪山的眼神，又慌忙错开，"我大三的时候交换去了英国，读完研究生今年才回来。"

祖小云点点头，"哎"了一声，又道："我记得周溪山也是去的英国，是吧？"

周溪山点头。

"那你俩这一进一出的都没碰上啊？"祖小云惋惜地笑笑，"要是一起出去，还能有个照应呢。"

祖小云说完，许姜觉得周围的空气都冷凝住了，有点让人窒息。

许姜垂着眼没说话，周溪山嘴角习惯性地勾起一个很浅的弧度，正想说话时，许姜开了口。

"我不用人照应。"许姜笑了下，认认真真地说，"祖老师，我一个人独立惯了。"

祖小云微怔一下，旋即笑着点头道："是，初中时你就独立。女孩子自立自强，蛮好。"

许姜感觉到周溪山的视线落在自己身上，但她执拗地看着祖小云，尽管脸颊发烫，但仍然假装没有注意到。

"祖老师，这次于老师叫我们两个来，是想让我们谈点什么？"许姜问。

祖小云领着他们往教室方向走："秀敏的意思是给他们讲讲学习的重要性，还有学习方法什么的。"

"嗐，但我觉得太古板了。"祖小云趴在班级后门的小窗上看了眼，"现在的小孩儿和过去不一样，思想活跃有主见，你们年轻人之间应该有自己的交流方式，不用拘泥于非要讲什么。"

"我就想让你们上去回忆回忆青春，再让他们自由提问就行。"祖小云指了指自己的头，俏皮地眨眨眼，"小孩儿管得太死板，脑子会坏掉的。"

许姜再次踏进初中教室时，没有她想象中的那样心情激动。

从前那些黑暗与光明，不堪与心动，尽数掩埋在厚重的尘埃里，又被眼前这些鲜活年轻的面孔，统统荡涤干净。

许姜进教室时，后排的男生明显有点骚动。而等周溪山进教室时，班上的骚动声明显大了几倍。

许姜回头看了眼周溪山，他无辜地耸耸肩，表示与他无关。

"好了，大家安静。"祖小云站在教室门口，拍拍手，"接下来这两节课，就是给你们和学长学姐请教交流的时间。

"许姜和周溪山都是于老师带过的非常优秀的学生，你们畅所欲言，想问什么都可以问。"祖小云看了眼表，"午饭前我来听你们谈谈感想。"

祖小云关上门，把空间留给这些孩子，自己回办公室去批改试卷。

许姜和周溪山并肩站在讲台上，和五十多个同学大眼瞪小眼地看了会儿，许姜没忍住笑了。

"同学们，你们别像参观动物园一样看着我们。"许姜眉眼弯弯道，"想问什么都可以。"

趴在后排的一个男生懒洋洋地举起手，说道："学姐，想要你的微信。可以吗？"

话音落下，有几个男生吹起口哨。

周溪山站得笔直，刚正不阿："那位同学先加我的微信领个号码牌哈，许学姐可是很难加的。"

"这样，你们先和学姐谈，谈完了我再来。"周溪山说完，走下讲台，站在门口的位置，作为一个听众光明正大地看向许姜。

那道视线和台下所有人的都不一样。

许姜轻咳一声，说道："既然周学长把机会让给我，我就却之不恭了。"

前排一个女生站起来问："学姐，祖老师说你特别有文采，作文写得非常好，你有什么秘诀吗？"

许姜道："算不上是秘诀，多练多积累总是好的，非得说得上是秘诀的一件事，大概就是我喜欢写日记。"

女生追问："每天都过得差不多，学姐每天都有内容写吗？"

许姜嘴角翘起一个细小的弧度："当然。"

许姜随口胡诌："哪怕是同样的风景，随着每天心情的变化，你看到的东西也是不一样的。"

实际上，她哪有什么不一样的心情。

短暂却也漫长的青春岁月里，许姜写满了厚厚的四本日记，其中的每一篇都和周溪山有关。

"许学姐，那你现在有没有男朋友？"又有男生笑嘻嘻地问。

"没有。"许姜回答。

"那学姐现在有喜欢的人吗？"男生又问。

许姜感觉到周溪山的视线停在她身上。

像一支加了麻醉剂的针，刺痛许姜纤细敏感的神经。

"没有。"许姜昂着头，固执地重复着，"没有喜欢的人。"

后排男生一阵起哄。

"现在到了大家发挥想象力的时候。"许姜轻拍了两下讲台，压下了底下的起哄声，"我问你们一个问题，也是我上学时祖老师问我们的。"

"如果现在让你们选择变成除了人以外的任何东西，你们会想当什么？"许姜用粉笔在黑板上写下"自命题作文"这几个字，"大家可以提前想想，祖老师带的每届学生中考之前都要写的。"

底下的同学"嗡嗡"地讨论成一片。

坐在第一排的一个女生抬起头，不好意思地抿起嘴角："学姐，我没什么想象力，想不出来，你能说说当时你写了什么吗？"

"鹰。"

站在墙边久未开口的周溪山看过来："她写的是，想成为一只鹰。"

"那学长你呢？"女生问。

周溪山的一双墨瞳微微垂下，瞬间又抬起："我想成为一阵风。"

他看向许姜，神情淡然地补充道："一阵永远不会成为阻力的风。"

许姜恍然想起初三某次的作文课来。

那时临近中考，天气变得越来越热，上课时大家都有点学久了的倦怠，没什么心思听课。

尤其是下午第一节的语文课，更是昏睡成一片。

祖小云不轻不重地敲了两下黑板，提醒道："都醒醒，别睡了。

"既然语文阅读听不下去，那咱们现在就写个小作文。"

祖小云大笔一挥，在黑板上"唰唰"地写上一排字。

"我想成为×××……"蒋煜没骨头似的趴着，耷拉着眼皮，说道，"老师，这题目小学就在写吧，宇航员、科学家、教师、人民警察……我都写腻了。"

祖小云推了下眼镜："我这里指的不是职业，而是自然界中的任何东西。大家畅所欲言，尽情发挥想象力，想写什么都行。

"大家可以小组谈论一下，今天放学前交给我。"

赵时羽回头道："蒋煜，老师让你不当人呢。"

蒋煜："……彼此彼此。"

"你们都想当什么啊？"赵时羽叹了一口气，把刘海掖到耳后，"我觉得当人挺好的，没有必要为难自己去畅想食物链底端的生活。"

"我就当小草。"蒋煜换了个舒服的姿势支着头，"小草谐音校草，这辈子我都让三儿压着，估计到了高中部也没机会当校草，下辈子我要凭本事当一棵最帅的草。"

周溪山闻言抬头："那你作文里就这么写，别交上去的时候在作文里歌颂小草能从石缝里钻出来的顽强生命力。"

蒋煜惊讶道："你怎么知道我想这么写的？"

周溪山懒洋洋地抬起指尖："你瞄姚思安的作文书好几眼了，这几句酸词儿还没记住？"

赵时羽："哥，咱最起码走个心，这辈子被绿，下辈子当草。"

蒋煜做了个深呼吸，看了赵时羽一眼，马上挺直腰板，面带微笑道："日头正好，别讨论了，我们写作文吧。"

赵时羽："那你这次写什么？"

蒋煜微笑："我是哈根达斯雪山上走下来的一匹孤狼！"

赵时羽："哥，是阿尔卑斯山。"

蒋煜语塞。

许姜挺直腰板，正在假装毫不在意地偷瞄姚思安的草稿本。

她想看看姚思安会写什么，是不是和周溪山有关。

隐隐约约只看见一些花的名字。

许姜听蒋煜顺口问了姚思安。

"当一束花吧。"姚思安声音细软，"最好是一束玫瑰花。"

许姜肩膀塌下来，心中喃喃，你现在就是一朵玫瑰花苞。

"喂，许姜，"周溪山脸朝着许姜，趴在课桌上，"你想当什么？"

许姜垂着头，在草稿本上仔细地写下大纲："想当一只鹰。"又补充道，"搏击长空的鹰。"

周溪山挑了下左眉问："怎么这样想？"

"不依附于任何，不被任何东西掣肘。不卑躬屈膝，不为任何人也不向任何人低头。"许姜的笔尖停顿了两秒，"而且它是天上最强的。我想要最强。"

"小姑娘很有志向。"周溪山按动笔，从桌肚里掏出一张空白草稿纸，"既然你想当鹰，那我就……"

许姜转过头，对上周溪山坚定而温柔的眼神。

他的耳郭泛起细微的红。

"许姜，我想当一阵风。一阵可以托起鹰的翅膀，让它飞得更高的风。"

许姜的提问环节没能再继续。

她满脑子都被过去的回忆占满了，外加班级里的女生们都对周溪山格外感兴趣，她索性走下讲台，换周溪山上去。

周溪山面临的提问场面明显比许姜在时热烈许多。

"学长听说你是校草，是吗？"

"周学长现在有没有女朋友？"

"学长的衣品好好啊，果然长得帅的人就是衣服架子，穿什么都好看。"

"学长谈过恋爱吗？有没有喜欢的人？"

…………

场面一度十分失控。

许姜站在台下，对女孩子们问出的问题表示震惊。

现在的初中生居然这么开放了吗？许姜初中时，这些感情话题是万万不敢放在明面上讨论的。

"各位……"周溪山清清喉咙，无奈地弯起嘴角，"你们问题太多了，我得一个一个回答。"

周溪山的指节缓慢而有节奏地敲击着讲台，每一下都仿佛敲在许姜的心上。

"校草，应该是。"周溪山无辜地眨眨眼，"不是我自封的，是他们都这样叫，我也没办法。"

"唔……有没有女朋友啊，没有。"周溪山佯装叹气，"从来都没有过。"

"至于有没有喜欢的人，"周溪山扫过许姜，眼神坦荡地落在一众期待的小女生身上，"我有。"

"现在就有。"

班里安静了一瞬，下一秒班里宛如沸腾的开水，怪叫声四起，后面的男生又是吹口哨又是叫好，让许姜脑子有点发蒙。

还好老于不在这儿，不然马上就要被气出脑梗，回到医院再住半个月。

许姜把眼神投向周溪山。

与台下激动兴奋的同学们不同，周溪山穿着白衬衣站在讲台上，平静的神情中有一股不易察觉的哀伤。

心里有喜欢的人，明明是一件值得高兴的事。

周溪山站在阳光里，整个人却像陷入空寂的黑洞中，放弃挣扎，越陷越深。

人长大了，模样会变，气质和性格可能也会大不相同，但是总不会变得这样自我放任。

许姜看着周溪山的样子，忽然有点难过，眼眶酸酸胀胀的，不舒服。

她不知道自己在为什么难过。

或许只是因为周溪山站在这里，脸上的笑容极淡，又露出这样的表情，就让许姜鼻尖发酸。

难道这些年，周溪山过得不好吗？

明明在英国时，她每年都去教堂给周溪山求神的祝福。

从青中离开后，许姜和周溪山往停车场走。

周溪山步子迈得很小，速度刚好能让许姜跟上。

"许姜，几年没见，你变化很大。"周溪山说，"自信，勇敢，侃侃而谈。现在算得上一只雏鹰了。"

"人都是会变的。"许姜故作轻松地笑笑，"怎么样，周喜三，是不是迷得你移不开眼？"

周溪山莞尔道："是，和当时因为体测没过错失奖学金的小哭包许姜比起来，简直是天差地别。"

许姜尴尬地皱皱鼻子："那不是年龄小嘛。"

许姜拉住周溪山的衣袖："听你说到这儿，我突然想起来，那年好奇怪，居然有家企业来青中设置了奖学金。"

"算来算去，满足各项条件的，全校只有我一个人，那项奖学金就给我连续发了两年。"许姜说，"升到高中部的时候原本会继续发给我，还是我递交了申请说不需要了，希望留给更需要的同学。"

"傻不傻。"周溪山抬手敲了下许姜的头，"真金白银送你的钱，为什么不要？"

"因为我确实不需要了。家里条件慢慢变好，这份钱应该给更困难的学生。"许姜认真回忆道，"那份奖学金叫……"

"'如愿'。"周溪山说。

"对，就叫如愿奖学金。我原来猜捐赠人可能叫如愿。"许姜突然顿住，"你怎么记得这么清楚？"

"记性好。"周溪山说完，停顿两秒，"也有一种可能，是他希望获得奖学金的人，一切都如愿。"

许姜点头，觉得周溪山的话也很对。

如愿——听起来就是美好的期许。

设立奖学金的人，一定是个超级无敌大好人，才会希望接受捐助的人事事顺心，岁岁如愿。

"当时我就在心里求老天爷，这个设立奖学金的人一定要长命百岁，天天开心，做什么事都如愿以偿。"许姜望着天空说，"毕竟他让我如愿了。我也想他事事如愿。"

周溪山莞尔："会的。"

周溪山走到了车边，掏出钥匙开了车锁，示意许姜上车。

他瘦削的肩胛骨从衬衫里撑起薄而清晰的形状，像燕尾蝶的一对翅膀。

许姜停下脚步。

"喂，周喜三。"许姜咽了口唾沫，鼓起勇气看向他，"刚才你说我已经是一只雏鹰了。

"那……你现在想不想也做一只鹰？"许姜在空气里比画了两个对号，"两只鹰比……比肩齐飞，多帅啊。"

她差点咬到舌尖，才把"比翼齐飞"四个字咽了回去。

这算得上是一种暗示。

许姜想，周溪山一定听懂了。

她想与他并肩。

周溪山忽地站定，转过头与许姜对视。

那双浓黑如墨的眼睛又透出在教室里那种神色，温柔又哀切，自我沉沦却又拒人千里之外。

"许姜，我只想当一阵风。"

周溪山垂下的手搭在车门把手上，暗暗用力，指尖青白。他表情依旧平和淡然，语调也与刚刚开玩笑时别无二致。

可就是这副安安稳稳的模样，让许姜的眼泪差点落下来。

"许姜，"周溪山轻声唤她，"也许我曾经是一只鹰。可我现在能成为一阵风，已经非常吃力了。"

周溪山什么都没说，又仿佛什么都说了。

许姜站在原地，盯着自己的鞋尖想，这就是我们之间的距离。

一步之距，也止步于此。

他没能走出这一步。

周溪山的皮鞋尖动了动。

许姜倏地抬头："你走吧，我还有事。"转过身时，还不忘叮嘱周溪山，"慢点开车，注意安全。"

许姜快步朝反方向走，边走边想，还好她反应够快，不然要是在周溪山面前眼泪落个稀里哗啦，多丢人。

她拭去脸上的眼泪，拨通赵时羽的号码："时羽，我想听听周溪山的事。"

她们约在赵时羽家附近的咖啡馆。

咖啡馆冷气开得足，赵时羽一进门就打了个激灵。

"这边，时羽。"

许姜坐在店里最角落的地方，卡座中间悬着盏装饰灯，晃晃悠悠地散发着柔和的暖光。

但这些依然掩盖不了许姜紧绷的表情。

赵时羽没说别的，坐下喝了口咖啡，就给许姜讲起了周溪山的事。

"很多事我也听得没头没尾的，姜姜，我只挑拿得准的跟你讲。"赵时羽说。

"你和三哥前后脚出国和回国的事你应该清楚，我就不多说了。但三哥回来，是因为他家里出事了。

"周伯伯的公司出了大问题，濒临破产，三哥用了很长时间才把公司救回来，现在情况仍然算不上好。"

赵时羽叹了声，又道："我和蒋煜、三哥，我们都是从小一起长大的朋友。三哥从小就聪明，花团锦簇里长大的孩子，突然回国接下这么大的烂摊子，我和蒋煜都担心他会垮掉。

　　"但他拒绝了我们两家的帮助，愣是一个人在青榆的圈子里重新杀出条血路。

　　"虽然圈子里很多人都说周家的周溪山是天之骄子跌落成烂泥了，可在我心里，三哥还是那个三哥。"

　　赵时羽看向许姜："你觉得呢，姜姜？"

　　许姜脑海里闪过周溪山的许多模样。

　　少年时意气风发地站在运动会领奖台上，在所有人眼中闪光的周溪山。

　　在天台上给她挡住风口，眉眼温柔的周溪山。

　　再见时举着黑伞，在雨巷里凝眸望着她的周溪山。

　　……还有刚刚，指腹青白地捏着车门把手，向来不肯认输的人脸上第一次露出颓丧神色，说"只能做一阵风"的周溪山。

　　许姜手指极细微地颤抖，她用力握住玻璃杯，控制着情绪，一字一句道："周溪山在国外学的是建筑。我记得他说过，他最喜欢建筑。"

　　赵时羽没说话，端起冰咖啡，"咕咚咕咚"灌了大半杯，这才抬起头来："许姜，我们这种人没有选择。"

　　"学什么专业，读什么学校，做什么工作，和谁谈恋爱，和谁组建家庭，统统要听家里的安排。"赵时羽扯扯嘴角，"喜欢有什么用。"

　　"就连要怎么活，我们都没有办法选择。"赵时羽说，"我们掌控不了自己的身体和人生。"

　　赵时羽还在继续说着，许姜却仿佛什么都没听到。

　　她满脑子都是周溪山——

初中自习课上，许姜捏着圆规认认真真做数学题，周溪山在桌肚里藏了本建筑图鉴，拿着直尺在草稿本上画中国古代宫廷建筑。

后来，高中的地理老师说，周溪山随手画的圆和直线，比他画得还标准。

他们四个人约着去书店，赵时羽往放青春小说的书架跑，蒋煜站在篮球杂志旁边挪不动步，许姜老老实实地捧着作文大全看，周溪山就在工具书区域徘徊，看看有没有新到的建筑图鉴。

早上站在学校初中部的天台，许姜咬着奶黄包，周溪山趴在天台边缘的铁栏杆上，校服衬衣被风吹得鼓成起航的帆。

他回头朝许姜笑，露出洁白的牙齿："许姜，我以后一定会成为最厉害的建筑师。"

许姜慢吞吞地咽下奶黄包，附和："我以后一定要赚很多很多钱。"

周溪山又笑："那一起加油。"

说着，他朝她走过来，举起了右手。

许姜抬起手，和周溪山击了掌。

…………

那三声清脆的击掌声仿佛还在许姜耳边萦绕。

这不是他的未来。

许姜眼底发热，这不该是周溪山的未来。

"姜姜。"赵时羽第三次喊许姜，才把许姜的神思拉回来。

"以后正常相处就行，三哥估计也不愿意因为家里的事儿被你特别对待。"赵时羽看了眼表，"我得先走，蒋煜那边还……"

"我没办法和周溪山正常相处。"

许姜松开沁着冰块的玻璃杯，冰红了的掌心满是水痕。

她眼圈发红，语气平缓克制地开口。

"时羽，我喜欢周溪山。喜欢了他很多很多年。"

赵时羽愣住了，好半天才反应过来："姜姜你……喜欢三哥？"

"我居然一点都不知道！"赵时羽在许姜的眼神下压低声音，"你未免藏得太好。"

许姜别有深意道："多得是你不知道的事。"

赵时羽吃惊地嘟囔："我不是你最好的朋友嘛，怎么从来没听你说过？"

许姜抿起嘴角，嘴边是一个清清淡淡的笑："没什么好说的。时羽，你帮我保密，我不想周溪山知道。"

赵时羽道："你喜欢三哥这么久，去和三哥表白，然后在一起不好吗？"

"哪有那么容易。"许姜眸子暗了一瞬，"爱情这件事，从来都不能只看爱情。"

"最起码，我得知道有没有机会退回朋友的位置。"许姜搅拌咖啡的手指停顿几秒，"时羽，喜欢他这件事，已经把我完完全全消耗干净了。"

赵时羽忽然沉默了，片刻后她点头道："我明白，不会告诉蒋煜和三哥。"

赵时羽问："你现在有什么打算？京北那家国际咨询公司已

经给你下 Offer（录取通知）了，什么时间走？"

"我准备跟 HR（人事专员）协商推迟入职时间，在青榆多待一阵子。"许姜深吸一口气，"我会想办法陪周溪山渡过这个难关。"

"只渡过难关？仅此而已？"赵时羽微微皱眉道，"许姜，你不要总把周溪山放在最前面，你该想想你自己。"

许姜眼神落在赵时羽身上，岔开话题："你最近瘦了不少。"

"别想打岔。"赵时羽声音低而迫切，"你暗恋他这么多年，就不想要个结果？"

"想。"许姜语气仍然很平静，只是眼尾隐隐泛红，"但只要他过得好，我可以不想。时羽，只要他好。"

只要周溪山快乐、平安地过日子，去国外学他最喜欢的建筑，去做最厉害的建筑师，去当一阵不受束缚的、自由自在的风。

许姜可以不要结果。

许姜可以，什么都不要。

另一边，周溪山开车回了父亲家。

母亲去世后，周溪山很少再回这个家，他和周景林之间没什么好说的。尤其自从周氏集团出了问题，周溪山被迫全权接手后，每天忙得昼夜颠倒，来看周景林的时候少之又少。

周溪山深深呼出一口气，敲了敲门："爸，我回来了。"

门从里面打开，周景林穿着深灰色短衫，斑驳短发梳得一丝不苟，见来人是周溪山，紧蹙的眉宇间泛上些喜气。

父子两人坐在饭桌前，沉默良久。

周景林清清喉咙道："快吃吧，菜凉了。"

"这些都是你爱吃的，多吃点。"周景林眼神瞟向不远处亡妻李曦的遗像，"你多吃点，你妈在天上看着也能放心。"

周溪山垂眸看着桌上的菜。

澳洲龙虾、鲍鱼、小米粥炖海参……一桌菜的价格直逼五位数。

周景林还陷在自己的情绪中："今天是你妈的忌日，你回来看看，我们老两口也算安心，她在天上也能高高兴兴的。"

"你没那么多钱。"周溪山面容平静地挪开碗，周景林勺子稍一倾斜，鱼子酱滴在桌面，让他一阵心疼。

"公司里的钱你已经没资格动了，你手里的股权年初就让渡给我，我每个月给你的钱也是有数的。"

周溪山掀起薄薄的眼皮，清淡眉眼锋利逼人："你哪儿来的钱买这些？又去赌了吗？"

周景林连连摇头："没有，真的没有！我这些钱是跟哥们儿炒期货赚的，他特别有经验！小山，我们跟他炒几次，公司的危机转眼就能解决！"

"我……我也不想看你这么辛苦。"周景林对上周溪山的眼神，干巴巴地补了一句。

"家里没有闲钱给你挥霍，期货以后不要碰了。"周溪山动动唇，没再说什么，站起身朝门外走。

"你站住！"周景林霍然起身，脸色难看，"小山，你是不是还在怨我？当年的事我跟你解释过很多次，你妈妈出车祸时我确实有个非常重要的会议，脱不开身……"

周溪山转过身，眼神淡漠疏离："不要提她。如果你还想我以后回这个所谓的家，就不要提她。"

周景林语气骤然软下来："小山，你一口饭都没吃。怎么着也是爸爸的心意，况且，你妈妈还看着呢。"

周溪山脚步一顿，停在门边。

清瘦笔直的人侧过身，下颌逆着光投下一小片阴影。

不远处红木柜子上放着李曦的黑白遗照，温婉动人的模样永远被定格在四十五岁。

"我海鲜过敏。"周溪山的眼神平淡而毫无温度地从周景林身上划过，"我刚说过了，以后别再拿我妈说事儿，这话我不想再说一次。"

"你配吗，周景林？"周溪山的眼里头一遭对着周景林泛起波澜，"她的忌日是下个月的今天。"

离开周景林家，周溪山开车径直去了墓地。

风呜咽般地吹着。

周溪山放下一捧白色百合，轻声说："妈妈，我带了你最喜欢的花来。"

他像往常一样坐在墓碑前，像等着妈妈来抱的五六岁小男孩一样，对着墓碑上照片中的李曦扬起嘴角。

"公司里很多事情不对劲，当初让我们周家大厦倾覆的事情我还在查。你放心吧，妈妈。

"如今一切都慢慢好起来了，虽然支持我的股东算不上多，但都非常忠诚。"周溪山说，"你当初好心救的许卫国就是我们重要的小股东之一。

"你看，我不是一直都在妈妈的庇护下吗？"

周溪山喉咙哽咽一下，转瞬被他不着痕迹地掩饰了："……今天周景林跟我说想去炒期货，又被我拦下了。自从你离开，公司又因为技术团队的集体出走元气大伤后，他就一直在寻找短平快的获利手段。"

"赌博、投机，还想从高利贷手里分一杯羹，还好被我及时拦下。"周溪山轻轻掸掉白色花瓣上的水珠，"妈妈，你走得干净利索，倒是留下我们爷俩彼此折磨。"

晚风像女人温柔的手，抚过周溪山的脸颊。

"我不辛苦，一点都不辛苦。"周溪山似有所觉地抬起头，"你儿子在很努力地生活。"

"就是，可能被你教得太好了。"周溪山面色平静，嘴角甚至泛起轻浅的弧度，从容不迫地与照片上的李曦对视。

"我今天拒绝了心爱的女孩。"周溪山说，"她离开得很仓促，也许是哭了，我表面上云淡风轻，但其实痛苦得心脏剜着疼。

"在我小时候，你讲小人鱼为了爱情变成人类，鱼尾变成双腿，每走一步都要忍受刀割一样的痛苦，可她脸上还是露出甜美的笑容。

"我那时以为她是傻子。"

周溪山轻声说："我现在能体会小人鱼的痛苦，也能理解她脸上的笑容了。

"妈妈，你走之后，我不会流泪了。"

周溪山刚离开墓地，就被蒋煜叫去他家喝酒。

"不去。"周溪山耳里戴着蓝牙耳机，语气冷淡，"公司里还有事情，我得赶过去。"

"天大地大，哥们儿最大！现在兄弟受重伤了，你居然不过来！"蒋煜醉醺醺地喊着，"你要是现在不来，就看不见热乎的我了！"

"哦。"周溪山手指敲着方向盘边沿，"那你稍等，我去买两挂鞭炮庆祝一下。"

蒋煜语塞。

周溪山到蒋煜家时，蒋煜正潦倒地坐在地毯上，半靠着沙发，往嘴里灌酒。

周溪山夺过蒋煜手中的酒瓶，揶揄道："平常不是挺没心没肺的吗，今天怎么这副样子？"

"不怕赵时羽看见你这副尊容？"

蒋煜听见"赵时羽"这三个字，马上气得跳脚："你让她来看！小爷还就这德行了！"

周溪山皱眉问："吵架了？"

"吵架？"蒋煜摇摇晃晃地走到落地窗边，看着外面的夜色，"我好不容易说服我爸妈，让他们放弃和那些牛鬼蛇神联姻的想法，不再干涉我的择偶自由权！

"我本来高高兴兴和赵时羽说这事儿，结果她脸色一变，跟我说她有对象了！"

蒋煜愤怒得声音变了调，像只走投无路的困兽："从小到大赵时羽都跟在我身后，我寸步不离地守着她，等她长大，什么时候出现了一个我不认识的男人，顶替了我一直想要的她身边的位置！"

蒋煜骂了声，在脸上胡乱抹了一把，继续道："我像个种地的农夫，勤勤恳恳地守了这么久，结果菜刚熟就被别人偷了！"

周溪山一时无言，过了半晌才安慰道："也许是赵时羽骗你的，她身边的事你都一清二楚，什么时候会多了个男朋友？"

"我都查过了，那人真实存在，家境不错，是青榆公立医院的医生，也确实和她来往了一段时间。"蒋煜转过身，眼尾红成一团，颓唐地说，"我倒希望赵时羽骗我，可有什么理由呢？"

"难不成还是她得了什么绝症？这又不是演电视剧，她才多大啊。"蒋煜苦笑道，"只不过是不爱我罢了。"

周溪山自顾自地打开一罐啤酒，抿了一口："想开点，最起码你获得了一部分婚姻自由。"

蒋煜把瓶里的酒一股脑灌进喉咙，压下心中乱糟糟的情绪，坐到周溪山对面。

"三儿，咱们这群人哪有什么真正的自由。下个月入职公司，老头子要我三年内把市场份额翻一番，公司市值涨三个亿。"蒋煜骂了声脏话，"……你当初求你爸设立奖学金，不也做了交换。

"如愿奖学金，资金来源是你的小金库和未来三年的零花钱，捐赠人是周氏集团，担保人是你自己，再加上周景林必须要你高中就出国读书。

"结果你给许姜设立个奖学金，除了名儿是你取的，别的跟你一点关系都没有。"

蒋煜醉眼惺忪地看着周溪山："三儿，你这辈子就朝你爸低头了这么一次，里里外外全都搭进去了，结果许姜还什么都不知道。

"值吗？"

周溪山又喝了一口啤酒，啤酒的泡沫顺着杯壁慢慢滑落回杯中。

"只不过是场不平等交易。"周溪山缓缓开口，"我们的世界里，最常见的事情就是不平等，我以为你会习惯。"

蒋煜闷头喝酒，揉了两下通红的眼睛，没答话。

周溪山望着窗外的月亮，极轻地叹了一口气。

"蒋煜，我这种人不应该乞求月亮。"周溪山伸出手，月光从他的指间穿过，冷白的指间肌肤显得越发透明。

"她应该好好地，挂在天上。

"私占月光，最后也不过荒唐一场。"

BU JI ISHAN

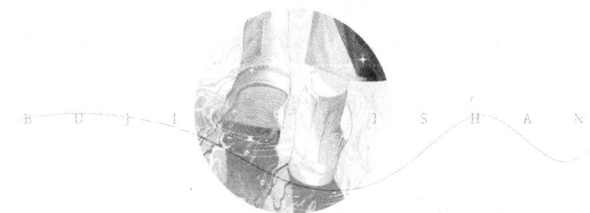

第六章
我全都知晓

姜兰和许卫国一大早从京北飞回青榆，直奔公司，昏天暗地地开了一天会，到了晚上七点多，姜兰才拉着许卫国回家。

"今天咱们应该早点回，还能跟闺女一起吃晚饭。"姜兰看了眼腕表，叹了口气，"现在这个时候，她肯定已经吃完了。"

许卫国眉心紧锁，颇为不满道："你还想着吃饭，公司的事儿还没搞明白呢。"

姜兰把钥匙插进锁孔："我们一直忙着赚钱，本就和姜姜沟通得少，现在自然是趁着她没上班赶紧……"

"要我说，都是你惯的……"许卫国话音未落，门被人从里面拉开，露出许姜灿烂的笑脸。

"爸爸妈妈，你们回来啦！"许姜热情地把两人拉进屋，手脚麻利地拿出鞋柜里的拖鞋，"我已经做好饭了，就等你们回来吃。"

许姜挠挠头，有些赧然道："我手艺一般，饭菜味道做得肯定没有妈妈好，你们将就一下。"

饭桌上摆着四菜一汤，荤素搭配，营养均衡，甚至每个人手边都放着温热的豆浆和切好的水果。

许卫国和姜兰对视，都从彼此眼中看出了不可思议。

姜兰很感动，难得露出笑脸，摸了摸许姜的头道："我们许姜长大啦。"

许卫国满心都是公司的烦心事，对着许姜哼了声："无事献殷勤，定有所图。你才不会无事来登三宝殿，说吧，什么事。

"手里缺钱了？"

听完许卫国的问话，姜兰也意识到许姜的殷勤太突然，把脸上罕见的笑容收了回去："许姜，我们一家人不需要走这些形式，有什么事直接跟我和你爸说就行。缺钱的话妈妈给你转，五万够不够？"

许姜道："真的没事。"

许卫国把筷子戳齐，夹了一筷子豆芽，囫囵咽下："现在不说，一会儿也不要说了。

"永远都别说。"

姜兰拉了拉许卫国的袖子。

许姜脸上的笑容渐渐消失了。

她努力调整好情绪，一板一眼地说："我是有几件事想跟你们说。

"第一件事，我之前跟你们说过要去京北市工作，你们也同意了。但现在，因为某些原因，我推迟了原定的入职时间，准备在青榆实习一段时间再去。"

许卫国眉头微微皱了一下，没说什么，继续吃菜。

姜兰点头："挺好的，还能在家里多住一段时间。"

许姜道："第二件事，我准备从家里搬出去。我实习的地方离这里太远，每天上下班通勤太累，很消耗人的精力。"

许卫国哼了声，瞥向姜兰。

姜兰神情一黯，拿起豆浆抿了一口："知道了，我会帮你看房子。"

许姜道："不用，这些事我都可以自己做。"

许卫国道："你准备去哪家公司实习？"

许姜定了定神道："安恒投资，做风投助理。"

"安恒投资。"许卫国筷子一顿，表情凝固在脸上，"就是最近负责追踪周氏集团项目的公司？"

许姜点头回道："是，我实习的项目组就负责周氏集团。"

许姜故作轻松地笑了笑："爸妈，周氏集团你们应该很熟悉吧，我记得我们还有点周氏集团的股份，我现在过去也算是为自家企业努力了。

"我记得你们说过，咱家来青榆后对我们帮助最大的不就是周氏集团吗？对我们雪中送炭的人啊……而且，我和周溪山还是同学呢。"

"不许去！"许卫国"啪"的一声把筷子摔在桌上，怒不可遏，"你就给我老老实实地待在家里，然后去京北那边报到！"

许姜被许卫国突如其来的暴怒惊得说不出话。

姜兰也微微皱起眉道："你爸是为了你好，周家现在是落在泥潭里的泥菩萨，你就不要蹚浑水了。"

"你们为什么这么生气？"许姜说，"周家对我们多好，周溪山上学时对我也那么照顾，现在周家有困难，你们叫我不要蹚浑水？"

"你们就要我坐在这儿，眼看他起高楼，眼看他楼塌了吗？"许姜深吸一口气道，"我做不到。"

许卫国一巴掌拍在桌上，震得蛋花汤洒出汤碗。

"我说不许去就是不许去！"许卫国瞪着眼睛，太阳穴处暴出青筋，"你个丫头片子，去了又能干什么！还不是给人家添乱！"

许姜道："我帮不上什么忙，但我至少可以查清楚周氏集团四散的股东都去了哪里。"

姜兰沉默不语，像一条横亘在父女之间的寂静河流。

许姜的冰凉掌心覆上姜兰的手背，姜兰抬头对上许姜的视线。

"妈妈，李曦阿姨很早就走了。没有她，我今天也不能好端端地站在你们面前。

"因为有她，你没有失去女儿，可周溪山现在却没有妈妈了。

"他是我的朋友。"许姜眼角泛红，声音哽咽，"我不能让他一个人面对这一切。"

姜兰神情恍惚几秒，随即安抚地拍拍许姜的手背："收拾东西去吧，妈妈同意你去。"

许卫国听了这话，霍然起身，嘴唇抖动半天终究一句话也没说出来，最后脸色青白地转身走回卧室。

几分钟后，卧室门打开，姜兰走进来。

许卫国睨她一眼，声音紧绷，压着火气："你刚才怎么能同意许姜去安恒实习？周氏集团不就是投资出了问题，要是真让许姜查出点什么，又该怎么办？"

姜兰叹了口气道："就算许姜查出点什么，又能怎么样呢。"

许卫国脸色难看道："她该怎么看我们两个？"

"许姜的性子随你，不声不响的倔强脾气，你越不让她做，她越要搅个翻天覆地。"姜兰说，"她只是去实习，又不是去当老板，接触不到什么商业机密。"

"退一步讲，就算真让她发现什么东西，我们也可以平心静气地好好跟她谈谈。"姜兰抬手捋平许卫国眉宇间的褶皱，温声说，"你现在这样阻拦许姜，只会把她越推越远。"

"毕竟我们才是一家人，许姜知道会怎么做取舍。"姜兰说，"许姜是我们的孩子，你应该相信她。"

许卫国哼了声，没再说反对的话。

第二天，许姜如愿拖着行李箱离开家，按照昨晚中介发的地址一路到了租房地点。

中介早就在楼下等着许姜。

"许小姐，您来啦。"中介殷勤地帮许姜拖着行李箱，边走边给她介绍，"这是个新小区，房龄都很短，小区安保和绿化都非常不错。一梯两户，南北通透，有前后两个生活阳台，您眼光实在是太好了。

"您租的这个房子本来是房主的婚房，夫妻俩装修的欧式风格，全屋装修都是浅色系，还没住进来那男的就劈腿了，女房主一气之下出国旅游，这房子才空了下来。

"正适合您这样的年轻小姑娘住，干干净净的。"

许姜一路点头敷衍着："我是在十四层？"

中介点头道："对，十四楼，1402。"

许姜问：“1401 住的什么人？”

中介回忆道：“1401 也是在我这儿租的房子，和您一样是独居，是个挺年轻的帅哥，穿衣打扮看着挺商务的，应该是个白领。”

行李箱的万向轮在鹅卵石小路上发出"咯噔咯噔"的响声，许姜又走了一会儿，才在中介的引导下进入楼门。

“到了，六号楼二单元。”中介把门禁卡和钥匙递给许姜，“您拿好，这些都是这家全部的东西，进出楼门和上下电梯都要刷卡。”

“叮"的一声，电梯门应声而开。

中介推着箱子往里走：“这不巧了嘛，许小姐，这位就是1401 的租客，周……”

“周溪山。”

周溪山穿着休闲运动装，弯着眼睛朝许姜笑，漆黑的眼睛亮晶晶的。

许姜再次见到周溪山，心里千般滋味混在一起，无数的数不清理还乱的情绪，在见到他的这一瞬间，悉数都被心里冒出来的喜悦冲散了。

“好巧啊。”许姜干巴巴地说。

周溪山略一点头，走出电梯，与进电梯的许姜擦肩而过。

电梯门关上的瞬间，许姜看到周溪山的嘴唇动了动。

他说：“许姜，待会儿见。”

周溪山回来的时候，中介已经走了，1402 的房门大敞，许姜刚把行李箱搬进去，正在屋里四处巡视。

像一只警觉的小狐狸，弯着腰在自己的领地里寻觅陌生的气息。

周溪山礼貌地敲了敲门。

许姜马上转过头，语气里不乏欣喜："你这么快就回来了？"

周溪山走进来，打量了一圈屋里，回道："本来也没什么事，只是去楼下取个快递。"

周溪山问："有没有螺丝刀？"

许姜摇头道："没有。"

"你等一下。"周溪山把手里的东西放下，去了隔壁。

许姜连忙掏出手机，给赵时羽发微信：

【真的万万没想到，我这次租房居然租在周溪山的隔壁！真是天赐的好运气！】

【不对，是你赐给我的好运气，时羽你找的房源简直太好了！】

对话框顶端"对方正在输入中"这一行字循环了好久，赵时羽才回复：【你今天已经搬过去了？】

许姜：【嗯，正好是周末，周一就去安恒投资报到。】

赵时羽：【那我等会儿过去，给你暖暖房。】

许姜这边刚回了个"好"字，周溪山拎着个小型工具箱便走了进来。

许姜问："你这是？"

"给你换锁芯。"周溪山半蹲下，用螺丝刀卸下原来的门锁，"虽然住在你隔壁的是我，足够安全，但中介的话不能全信，你一个人住换个锁芯更放心。"

许姜这才注意到，周溪山刚刚放在桌子上的东西，是刚买回来的新锁芯。

　　她心里像有一只小猫爪子轻轻地挠了一下。

　　"周喜三，刚刚时羽说要过来给我暖房。"许姜站在周溪山身后，盯着他脑后一绺翘起的头发，"中午一起吃饭吧。"

　　"行，那我叫蒋煜也来？"

　　许姜点头。

　　周溪山撩起T恤下摆，擦了下头上的汗。许姜连忙转过身，在匆匆掠过的余光中看到了他漂亮的腹肌线条。

　　许姜的脸一阵阵发烫，偏偏这个时候周溪山还在旁边叫她。

　　"许姜，你帮我拿一下手机，我手脏。"

　　"哦，好。"许姜深吸一口气，转过身来，问道，"你手机放在哪儿？"

　　周溪山眨眨眼道："在裤袋里。"

　　许姜脸色如常地控制着擂鼓般的心跳，翘起两根手指，把周溪山的手机从裤子口袋中夹了出来。

　　许姜问："锁屏密码？"

　　周溪山回："9395。"

　　许姜暗暗把这串数字记下，帮周溪山拨通了蒋煜的电话。

　　"喂，找我什么事？"蒋煜嘶哑的声音从电话那端传过来，"嗡嗡"的，震得许姜的手有点发麻。

　　周溪山还在继续摆弄锁芯，为了配合许姜的身高，他侧弯着腰，跟蒋煜说话。

　　"许姜今天搬家，来吃饭。"

　　许姜的手指捏着手机边沿，不可避免地接触到周溪山的面部肌肤。

他柔软、微凉的脸颊似有若无地擦着她的指尖。

周溪山似乎听不真切，右脸朝许姜的方向稍一倾斜，许姜看见自己的手指在他的脸颊上陷进一个小小的浅弧。

他的耳垂悬在她手腕上方。

许姜慌张地错开眼，踮起脚，把手机送得更近了一些。

"哦，许姜新房'燎锅底'呗，那我肯定得去。"蒋煜清醒了几秒，说道。

周溪山补充道："赵时羽也来，你好好收拾收拾自己。"

蒋煜听出周溪山的弦外之音，立刻在电话里炸了毛："她来跟我有什么关系？我干什么要好好打扮？我就不，我就让她看看因为她我现在是一副什么模样！"

"哦，我并不关注你在赵时羽眼中是什么模样。"周溪山瞟了眼目光四处乱晃的许姜，轻笑一声，"我是怕你吓到我们许姜。"

蒋煜骂骂咧咧："还有事吗？没事我挂了。"

"当然有事。"周溪山慢条斯理地把旧锁芯卸下来扔在一边，"来的时候用肩膀按下门铃，1402，我给你开门。"

蒋煜疑惑道："我有手有脚，还用肩膀按门铃？"

周溪山："哦，难不成你要空手过来？"

蒋煜愤怒地挂掉电话。

"你手指怎么这么烫？"周溪山抬眼看向许姜。

许姜讷讷地收回手机："可能是你手机有问题，这才打了几分钟电话啊，就滚烫的。"

滚烫到连她的手指也跟着变热了。

周溪山从善如流道："确实，手机用了几年了。"

"蒋煜来的事儿是不是得跟时羽说一声？"许姜有点担忧，"昨晚时羽给我打电话，说他们吵架了。现在让他们两个碰面，是不是不太好？"

周溪山利索地安上新锁芯，试了试钥匙，这才把门关上。

"新钥匙，自己保管好。"周溪山说。

"你知道蒋煜为什么跟赵时羽吵架吗？"周溪山走到洗手间洗干净手，甩了甩手上的水珠，"许姜，赵时羽谈恋爱了。她和一个从来没在她身边出现过,蒋煜完全不认识的男人,谈恋爱了。"

"什么？"许姜震惊得瞪大眼睛，"昨天时羽并没有跟我说这件事！"

周溪山说："蒋煜和我也是一样的震惊，所以他们吵架也不奇怪。"

"但他们不能一直这样下去，我想今天借这个机会，让他们把话说开了。"周溪山扬起嘴角，"你觉得怎么样？"

许姜愣了一秒，恍然大悟："和以前一样？"

"是的。"周溪山朝许姜伸出小指，笑着说，"跟以前一样。"

初三毕业的那个暑假前，赵时羽和蒋煜爆发了一次非常大的争吵。

许姜听周溪山说，赵时羽和蒋煜两家住得近，关系也好，从穿开裆裤流口水的时候，他们两个人就在一起玩。后来上幼儿园、学前班、小学，赵时羽和蒋煜都是手拉着手一起上学放学的。

只不过到了初中，蒋煜的脾气一点就着，赵时羽是个大大咧咧的，他们吵吵闹闹的时候也多了起来。

许姜问："那这次是为什么？我看时羽的生气程度，远远不是普通的小问题了。"

周溪山转着笔，低头看着卷子上的物理题："怪蒋煜。这猴儿最近也不知道哪根筋搭错了，处处跟赵时羽作对。他们两家有每年暑假一起旅游的习惯，今年年初时本来都说好了，听赵时羽的去古镇。"

他扫了一眼坐在前面还在生闷气的两人，无奈地弯弯嘴角："结果蒋煜非说去湿地，他说那里有一座鹊桥，走过的人都能心想事成。"

许姜想了一会儿，疑惑道："鹊桥？哪有什么心想事成的作用。"

周溪山用透明笔杆轻轻敲了下许姜的头："笨蛋，就因为是鹊桥，才会心想事成啊。"

许姜似懂非懂地点点头。

"吵架不隔夜。"周溪山写完了物理卷子，在纸面空白处龙飞凤舞地写下一个字母"Z"，又道，"明天下午体育课，我们把他们约过来，一起好好谈谈。"

许姜问："是秘密计划吗？"

周溪山回："当然。天知地知，你知我知。"

"那我们拉钩吧。"许姜眨眨眼，伸出小指，"我们那边都说，拉钩之后，两个人才能保守秘密。"

"行。"周溪山的手指轻轻搭上来，稍一用力，钩住许姜的小指。

"许姜，我们的秘密一百年不许变。"周溪山晃了晃两人的手指。

周溪山的温度通过连接的手指涌入许姜的皮肤，许姜感觉浑身上下的细胞都在欢喜地啸叫，喜不自胜。

许姜想，周喜三，我喜欢你这件事，天知地知，我知就好。

这是我一个人的秘密，拉钩上吊，一百年不许变。

临近中考，于秀敏怕给大家太多压力，要求各科老师不再占用体育课，让学生们去操场放松精神，舒缓压力。

许姜和周溪山商量好，各自把赵时羽和蒋煜约出来，让他们好好地谈一谈，别再每天冷着脸生闷气。

许姜气喘吁吁地跑到器材室门口时，周溪山已经躲在里面，朝许姜招手。

周溪山道："快进来。"

许姜躲了进去，器材室的门被周溪山锁上。

"是按我们计划的那样说的？"周溪山问。

许姜道："嗯，我告诉时羽体育老师要她五分钟后来器材室这边取东西，她说等下就会来。"

周溪山竖起大拇指，说道："那等蒋煜他们过来，发现器材室被锁上，肯定会一起去找体育老师开门。总之，蒋煜会把握住机会跟赵时羽道歉。"

许姜心不在焉地听周溪山讲话，躲在从器材室小窗看不到的角落，悄悄打量着周溪山。

少年蓬松的黑发被阳光照出金色光泽，他靠坐在许姜旁边，小声地喘着气，亮晶晶的眼睛特别好看。

器材室空间很小，他们周围堆着许多篮球、排球和羽毛球拍，周溪山身高腿长，没一会儿工夫就不得不小幅度地更换姿势。

周溪山小声问："你这样蹲着累吗？"

许姜想说不累，但视线对上阳光里两人的影子，她鬼使神差地点了点头，学着周溪山的模样换了个姿势。

更靠近他一点点，让两个分开的影子再度重叠。

门外有了说话声，许姜侧耳倾听，是赵时羽和蒋煜在说话。

她隐隐约约能听到"古镇""湿地"这样的话。

许姜听了一会儿，回过头道："周溪山……"

她的嘴唇被周溪山的手轻轻捂住。

少年的掌心干燥温热，覆在许姜的皮肤上，暖烘烘的。

"别说话。"

周溪山压低嗓音，亮晶晶的眼睛微微弯着，从他身后的篮球架子里掏出个小小的蛋糕盒子。

他轻声说："许姜，生日快乐。"

粉色的蛋糕盒子做成小小的爱心形状，纸盒上缀满了亮闪闪的星星和糖果。透过盒子侧面透明的塑料薄膜，能看见里面一小块巴掌大的奶油慕斯。

梦幻甜蜜，是每个女孩子都会喜欢的。

许姜从前不喜欢过生日。

过生日意味着姜兰和许卫国要花很多很多不必要的钱为她庆祝、购买生日礼物，即使许姜说不要，他们也仍然固执地给许姜置办能力范围内最好的礼物。

他们说，别人家孩子有的，他们许姜也一定要有。即使许姜明确地表示自己并不会因为没有生日礼物而心理不平衡,姜兰和许卫国也一定不遗余力地花费大量的时间和金钱。

而在这期间,他们从来没有主动地问过许姜,喜欢什么东西,爱吃什么样的甜点,最近有没有什么小癖好。

一次都没有。

这让许姜偶尔会恍惚,他们真的是疼爱自己吗,还是只是不能接受家庭与家庭之间的差距?

心理不平衡的不是她许姜,而是他们。

他们只是固执地想要填平这道横在贫穷与富裕之间的沟壑。

即使姜兰和许卫国一直把他们力所能及的、最好的东西统统给许姜,可他们能力范围的天花板,甚至触及不到同班同学们的底线。

许姜从不计较物质上的攀比,却不得不忍受钱美琳这样的人,多了件可以对她奚落和挖苦的事。

哪怕是崭新的,许姜难得喜爱的小礼物,也会因为沾染上那些恶意的情绪,让许姜失去了它们带来的快乐。

于是许姜从来不跟周围的人说自己的生日,哪怕是赵时羽,许姜也从来没说过。因为她总是害怕精心准备、大张旗鼓的礼物,会因为她的原因,丧失了某些美好的含义。

会糟蹋了送礼人的心意。

周溪山之前问过两次,许姜都以"不喜欢人太多"的理由把他想聚会的想法搪塞过去。

"我记得你说不喜欢很多人凑在一起过生日,那你同桌单独给你庆祝总没问题吧。"周溪山声音压得很低,又怕许姜听不清,整个人几乎伏在她耳边，热乎乎的气息包裹着许姜的耳郭和脖颈。

她整个人像要烧起来一样。

许姜愣愣地看着那个被周溪山小心翼翼揭开的小蛋糕，心里像燃起一簇燎原的野火。

周溪山就是那个在她心上放火的人。

见她一直不说话，周溪山尴尬地抓了两下头发道："我知道这个蛋糕蛮小的，但我最近……"

他忽地噤声，过了两秒在许姜耳边小声发誓："等我能赚钱了，就给你买世界上最大的生日蛋糕！"

少年干净清俊的脸颊绯红一片，泠泠的墨瞳里倒映着许姜的模样。

"我很喜欢。"许姜说，"谢谢你，周喜三。"

器材室铁门外，赵时羽和蒋煜说话的声音渐渐小了，偶尔还能听见几声赵时羽的笑声。

一墙之隔的角落里，周溪山捧着蛋糕，小声地给许姜唱完了整首《生日快乐歌》。

"不点蜡烛真的可以？"周溪山唱完《生日快乐歌》，把塑料勺递给许姜，看着她小口小口地吃蛋糕，又道，"不吹蜡烛，那你许的愿望还会实现吗？"

"当然会。"许姜咽下嘴里的慕斯，说道，"虽然没吹蜡烛，但你唱歌了呀。老天爷是听声寻人的，一定会听见我们两个人的声音。"

许姜想——

如果上天真的有灵，请你一定要实现我的愿望。

我希望周溪山天天开心，一世顺遂。

"你慢慢吃，我去门口盯着点儿。"周溪山说完，便弯着腰往铁门那边移动。

白色的夏季校服被汗湿了一大半，贴在少年微微弯曲的脊背上，被他小心地揪着衣角，露出可以通风的口子。

许姜小口吃着蛋糕，眼睛弯成两道甜蜜的圆弧。

在不为人知的角落，许姜和周溪山两个人，过了独属于许姜的秘密生日。

许姜想，这种隐秘的欢喜可以支撑她继续喜欢周溪山很久很久，或许有一辈子那么久。

"许姜，你看这块牛肉怎么样？"

许姜跟在周溪山身后，默默地把思绪拉回现实。她看了眼那块牛肉，又把视线转向购物车里的口蘑，问："你今天是准备都做家常菜？"

周溪山接过售货员打好价签的牛肉，道了声谢，目光才转到许姜脸上："蒋煜还配不上这么好的牛肉。这是留给你吃的。"

周溪山推着购物车走到前面的冷柜边，面不改色地拎出两盒牛肉卷："这个给蒋煜，就够了。"

来超市前，许姜就已经和周溪山定好了，等赵时羽和蒋煜过来一起涮火锅。

"我家里还没有锅，是不是再买一口锅？唔，还得买个电磁炉。"许姜眼神瞟到厨具那边。

"不用，挑你喜欢吃的就行。"周溪山推着购物车朝零食区走，

"需要的东西我都发给蒋煜了，他来的时候会送货上门。"

许姜默默道："……好。"

许姜非常喜欢逛超市，在英国读书时，每到课余去超市囤货，她都会快速地计算最优价格的产品，然后扔进自己的购物篮。

回国后，逛超市对许姜来说更是有了莫大的吸引力。第二件半价、两件八五折……这些标签吸引着许姜的目光，也一次次让她站在这些商品前望洋兴叹。

毕竟囤积也是一种浪费，食品的赏味期尤为重要，许姜不会强行贪图小便宜。

但这次不一样，她身边跟着周溪山。

"周喜三，你喜不喜欢吃蒟蒻果冻？草莓味和蓝莓味买一送一哦，我们一人一包怎么样？"

"芝士蛋卷两件八五折！你也买一包放在家里吃吧，这个牌子的味道超级赞！"

"麻辣牛肉粒第四件0元……周喜三，这世界上没人会不喜欢吃牛肉粒吧。"

"这边还有酸奶！"

周溪山忍不住拦住许姜，温声说："酸奶的保质期很短，这个就不要囤两件了。"

许姜说："这怎么能算囤呢？我们每人一件，不是几天就喝掉了？"

周溪山无奈道："我工作很忙，没什么时间吃零食。"

许姜问："那你晚上按时吃饭吗？"

周溪山道："大部分时间不会。晚上也不怎么饿，回家里再做又嫌麻烦，索性不吃了。"

许姜转了转眼睛："那你以后每天下班回来都来我家吃饭，或者加班之后来吃零食。这些东西都放在我家里，到时候一起吃，怎么样？"

许姜笑眯眯道："一个人吃饭嫌麻烦，两个人吃饭吵翻天。"

周溪山弯唇笑道："好。"

许姜又问："那我可以买酸奶了吗？"

周溪山："……可以。"

最后，许姜和周溪山离开超市时，每个人手里都拎了两大包零食。

赵时羽和蒋煜来得都很早。

蒋煜比赵时羽先到，还没进电梯就开始给周溪山打电话。

"快来接我！我这哪是给许姜新家'燎锅底'，明明是搬家！"

周溪山在电梯口等他，把他扛上来的东西陆陆续续都安排好。

许姜看着搬进来的东西颇为震惊："这些都是你买的？"

蒋煜看了眼周溪山，按照原先商量好的他把这些东西都认在自己名下："你第一次搬出来住，哥照顾照顾你很正常。"

蒋煜望着兴致勃勃在厨房拆箱的许姜，偏过头跟周溪山说："你列的清单上的东西都给你买齐了，实木茶儿今天送不过来，要明天到。"

周溪山道："多谢，钱已经转到你卡里。"

蒋煜说道："跟我还分这么清楚干什么……你多转了二百五啊，三儿。"

周溪山道："辛苦费。"

蒋煜："……总感觉你在骂我。"

周溪山的视线停在像小仓鼠一样东翻西找的许姜身上，轻笑了声："你学机灵点儿，别浪费了我和许姜给你创造的机会。"

蒋煜皱眉道："什么机会？"

周溪山："赵时羽一会儿也来。"

蒋煜反常地没甩出几句脏话，而是靠着墙，沉默地拿出一支烟，叼在嘴里，几秒钟后又把烟拿下胡乱地塞进裤兜。

"我还是走吧，赵时羽来了我也不知道怎么跟她说。"蒋煜揉了揉头发，"我现在一听到她说'谈恋爱了'这四个字，我的脑神经就突突突地跳。

"让我走吧，我还能多活两天。"

周溪山睨他一眼："腿长在你身上，你要是真想走还会在这儿跟我废话？"

他按住蒋煜的肩膀："逃避解决不了任何问题。"

蒋煜喊了声："你居然还教育我。"

周溪山："我们不一样。"

说话间，许姜接到了赵时羽的电话。

"你们先进去坐，我去接时羽。"许姜说完，匆匆下了楼。

等许姜拉着赵时羽再回来时，一开门，就看见在沙发上正襟危坐的两个男人。

赵时羽目光在蒋煜身上停顿了几秒，幽幽地看向许姜道："你没说他也会来。"

许姜轻咳，回道："……我也是刚知道他要来。"

眼看赵时羽要发作，许姜连忙安抚道："时羽，今天是我搬家的日子，大家都来给我庆祝，你忍一忍好不好？况且，你谈恋爱的事我都不知道，这个账我还没跟你算呢。"

许姜话音刚落，赵时羽脸色骤然变了，紧张、焦虑、无措，眼神朝蒋煜的方向瞟了几次。

她的脸上完全没有谈恋爱的喜悦和快乐。

许姜这才发现，赵时羽确实瘦了很多，脸上用很厚的粉底和眼影盖住了疲惫感，眼睛圆而大，在小小的巴掌脸上格外引人注意。

她总觉得有哪里不对劲。

赵时羽见许姜探究的目光一直停在她身上，轻咳一声，又道："你看什么了？"

许姜皱眉道："我怎么感觉你最近妆化得越来越浓了。"

赵时羽神情骤然一松，莞尔道："这是今年流行的截断妆容，我跟美妆博主学的，好看吧。"

许姜点头："……好看。"

赵时羽颇具女王范地随手把手包放在一边，走到蒋煜面前，居高临下道："今天庆祝姜姜搬家，咱们的不愉快先翻篇，改天再说。"

蒋煜吊儿郎当地笑了下："哟，咱俩之间还有不愉快呢？我怎么不记得。"

赵时羽和蒋煜暂时解除警报让屋里的气氛为之一松，四个人洗锅、洗菜，准备好蘸料、汤底，等正式开始吃火锅时已经过去了将近两个小时。

赵时羽颇为豪爽地开了两瓶啤酒，倒进四个玻璃杯里："今天庆祝小姜姜搬家，同时预祝姜姜工作顺利！"

四杯泛着雪白泡沫的啤酒杯撞在一起，"叮叮当当"的碰撞声格外悦耳。

他们说说笑笑，蒋煜搬来的一箱啤酒很快就要见底。

"许姜，你要去哪里实习？"周溪山问。

"安恒资本，离这里不远。"许姜说。

周溪山点点头，没说话，把烫好的虾滑夹进许姜的碗里。

"安恒啊，那不就在三儿公司附近？"蒋煜咬了一片牛肉，"哎，我记得姚思安好像在那儿上班。"

赵时羽带着醉意又喝了口酒，"啧"了声："晦气。"

她话音刚落，手机"嗡嗡"地响了起来。赵时羽低头看了眼来电显示，面不改色地按了挂断键。

打电话的人锲而不舍地打了三四个，都被赵时羽挂断了。

蒋煜的脸色越来越难看，哼了声，把筷子摔在碗边。

饭桌上的气氛越来越诡异。

许姜喝得有点多，眼神一直盯着赵时羽不断闪烁的手机屏幕，红着脸问："谁的电话呀？你怎么不接？"

放在平时许姜肯定不会问，但被酒精麻痹过的大脑总是会做出不受控制的行为。

赵时羽用筷子搅拌着面前的蘸料，视线从对面三个人脸上划过，最后落在蒋煜脸上。

"还能有谁啊。"赵时羽故作轻松道，"我男朋友呗。"

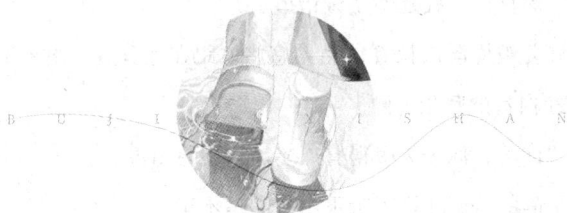

第七章

请你去爱她

"周喜三，我是不是做错事了？"

许姜被周溪山拉着，晃晃悠悠地跟在他身后，眼神不住地往他干净白皙的脖颈上瞟。

"许姜，你今天喝得有点多。"周溪山说。

平静的语调让许姜听不出有哪里不正常。

酒精上头让许姜神经放松，变得失控。她拦在周溪山面前，委屈巴巴地揪着他的衣角问："你是不是生气了？"

"刚才在饭桌上，我不该直接问时羽的。"许姜皱皱鼻子，像一只垂头丧气的小猫，"我就是太想知道了。"

"我没生气。"周溪山扣着许姜的手腕，把人拉到小区的凉亭里，用纸巾擦掉她额头的汗，"赵时羽和蒋煜的事儿需要解决，哪怕率先捅破这层窗户纸的是你，也没关系。"

周溪山眨眨眼道："我这不把你带出来，把空间留给他们两个人了？"

许姜乖巧地垂着头，盯着仍然停留在抓着她手腕的大手。

周喜三的手真好看，指节那么长，又白又干净。

哪怕被太阳这么晒着，也只是泛起点红色，没见他变黑。

"但我知道你现在不开心。"许姜小心翼翼地戳了下周溪山的手腕，"虽然我不清楚你为什么心情不好，但……别不开心啦。"

周溪山抬起手，无奈地在许姜头顶揉了两下。

"我只是觉得你今天喝得有点多。酒精不是好东西，适量饮用还行，喝多了伤身体。"周溪山语气很庄重，又道，"许姜，我想你健健康康的，长命百岁才好。"

许姜仰起头，费了好大力气，她醉意蒙眬的眸子才在周溪山脸上聚焦。

她望着他，笑得眉眼弯弯道："那我们要一起长命百岁，周溪山。"

夏天炽热的风在这一刻似乎静止了。

许姜看着眼前周溪山逐渐放大的脸，和他眼里晦涩又诱人的光彩，心脏"扑通扑通"跳个不停。

他是要吻下来吗？

许姜极力屏住呼吸时，周溪山的脸从她脸颊旁擦过，两人相触的皮肤激起一阵战栗。

周溪山在她耳边说："那我还是活到九十九岁就好，这样你可以先把我送走。"

许姜撇撇嘴："那留下的人岂不是很痛苦？"

周溪山双手合十，笑道："所以拜托啦，许姜，让我先走吧。"

两人说笑一会儿，许姜的酒劲渐渐消退了。

"我们要不要回去看看？"许姜搓搓脸，让温度尽量降得快点，"赵时羽不会和蒋煜打起来吧？"

周溪山道："你放心，蒋煜不会打女人。"

许姜莫名地看他一眼："我是怕蒋煜打不过时羽。"

周溪山不知该怎么接。

两人正说着话，周溪山的手机在裤袋里"嗡嗡"响动。

"喂，三儿，我在出租车上。"蒋煜的声音有些颤抖，隐隐带着哭腔，"你和许姜打车来青榆公立医院，马上过来。时羽刚刚晕倒了。"

许姜和周溪山赶到医院时，蒋煜正呆坐在病床边，脸颊还有点酒意引发的晕红，他失魂落魄地盯着赵时羽的脸。

病床上的赵时羽面白如纸，整个人看着瘦瘦小小，几乎陷进窄窄的单人病床里。

"时羽出了什么事，怎么会晕倒？"许姜揪着蒋煜的衣领，眼圈发红，"是不是你把她怎么样了！你说话，蒋煜！"

蒋煜任凭许姜摇晃，眼神依然落在赵时羽脸上，一滴泪顺着红色的眼尾慢慢滑落。

"你们去问顾医生。"蒋煜声音嘶哑，"出门左拐，她的假男朋友，顾医生。"

许姜马上跑了出去，周溪山紧追着她到了顾医生的办公室。

顾医生毫不意外他们的到来："你们是赵时羽的朋友吧，请坐。"

许姜问："顾医生，时羽到底出了什么问题？"

顾医生从抽屉里翻出一沓病历，找到赵时羽的那页，指给他们看："简单来说，肝癌。"

"肝癌？"许姜喃喃重复着，仿佛费了很大力气才理解了这两个字的意思。

顾医生继续说："我并不是赵时羽的男朋友，而是她的主治医师。她怕别人担心，才拜托我这样说。"

顾医生顿了下："尤其是在那位蒋先生面前。"

许姜感觉自己仿佛被闷雷击中，脑子乱哄哄作响。她感觉腿脚软得似乎不属于自己，愣是提不起一丁点力气。

许姜朝后趔趄时，周溪山温热的手稳稳地扶住了她。她的眼泪瞬间掉了下来，不可置信地问："时羽这么年轻，怎么会得癌症？"

"她的病症发现得比较晚。肝癌早期发现仍有较大治愈的可能性，赵小姐不愿接受化疗，我只得采取保守治疗，给她开一些治标不治本的处方药。"顾医生面容严肃，推了下眼镜，"至于她罹患肝癌的原因，也许是多种因素导致的，也不排除家族遗传的可能性。赵小姐说，她的爷爷就是患肝癌离世的。"

许姜颤抖的手指用力抓着自己的膝盖，深呼吸几次，强迫整个人冷静下来："她家人知道吗？"

顾医生摇头："赵小姐每次都是孤身前来，没有家人陪同过。我跟她讲过好几次，她还是执意不通知家里。"

周溪山揽住许姜的肩膀，问顾医生："如果可以做肝移植，她康复的可能性有多大？"

顾医生道："这个方案我跟赵小姐说过，需要她住院配合治疗，同时等待合适的肝源……可惜，赵小姐不同意。"

许姜擦掉眼泪："顾医生，请你帮忙匹配肝源，时羽那边我们来负责沟通。"

许姜给顾医生深深地鞠了三个躬，才慢慢转身离开了办公室。

　

医院走廊的灯光昏暗，带着阴沉压迫感。几个护士推着急救病床飞快地从许姜身边经过，她愣怔地看着陷在病床里昏迷不醒的老人，以及跟在后面边跑边哭到声嘶力竭的中年夫妇，眼泪又不争气地落下来。

周溪山垂眸将许姜拉在身边，用身体把她护在内侧，轻声说："小心。"

许姜回过头，大眼睛茫然无措地看着周溪山，泪珠滚滚淌在脸颊："周喜三，人不都该是像这个年纪，才开始离开我们吗？时羽那么好的人，为什么会得癌症？"

许姜嘴唇苍白，身体细微地抖动着，哽咽道："周喜三，她才二十五岁。"

周溪山缓缓把许姜拥进怀里，眼神落在不远处的病房："我先送你回家，等你情绪调整好了再来看时羽。你现在这样，只会让她更难过。"

周溪山揽着许姜，路过赵时羽所在的病房。

与此同时，蒋煜还坐在赵时羽的病床前，眼神木然地给昏迷不醒的赵时羽盖被子。

他弯腰时不小心触到赵时羽冰凉的手背，眼眶又红了几分。

"你从小就这样，手脚冰凉，一到冬天就要我给你焐手。"蒋煜声音很哑，哆嗦着唇瓣去亲赵时羽的手背，"现在大夏天的，你的手怎么也会这么凉？"

140

"小羽毛，你醒醒吧。"蒋煜揉了揉眼睛，声音更沙哑，"我还是喜欢你嚣张跋扈的劲儿，你不欺负我，我一分钟都不好过。小羽毛，没有你的日子，我没法活。"

赵时羽的手指轻轻动了动。

她缓缓睁开眼睛。

"蒋……煜，"赵时羽咳了几声，"你的手怎么这么凉？用我的手给自己取暖吗？"她苍白的嘴角牵起一个很勉强的微笑，"你真是好坏的心肠。"

蒋煜不可置信地抬起头，看见赵时羽颤巍巍的睫毛，紧紧握着她的手，趴在病床上号啕大哭。

赵时羽懊恼地喃喃："还是没瞒住。"

她费力地抬起手，摸了摸他的短发："多大人了，哭什么，我这不还没死吗……哭早了啊。"

"时羽，我们住院治疗好不好？"蒋煜抹了两把脸，眼眶通红，"你不要怕孤单，我会天天来陪你的。我们住最大最舒服的病房，你想玩什么我都可以陪着你。"

赵时羽盯着医院雪白的房顶，摇了摇头："我不要，做化疗会让人变丑的。我的头发都会掉光。"

"怎么会，你最漂亮。"蒋煜吻了吻赵时羽的手指，"你是我最漂亮的小羽毛。"

赵时羽没说话，依旧盯着房顶看。

"等你好了，我们就去旅游。你想去的古镇、自然公园、雪山，我都跟你去，都听你的。"蒋煜声音恳切，"国内的城市玩遍了，我们就出国，先去周边的东南亚小国，然后我们去欧洲，滑雪、看极光、参加当地的万圣节舞会……时羽，你想做任何事，都可以。"

蒋煜在这一瞬间明白了周溪山说的，"只要她好"这四个字的意义。

喜欢一个人并不是非要与其一生一世、耳鬓厮磨，而是只要她健康平安，快快乐乐地活着，就会感觉很幸福。

蒋煜哽咽着说不出话，只是越发用力地握着赵时羽依旧冰凉的手指。

只要她好，他也可以什么都不要。

"蒋煜，没人更了解我现在的病情。留在医院里，不会给我的身体提供更有意义的帮助。"赵时羽看着他，"我会越来越瘦，会下不来床，生活不能自理，头发掉光，牙齿松动，只有随着呼吸颤动的胸骨证明我还是个人。与此同时，我还要承受千百倍的痛苦。"

赵时羽揉揉他的头发："肝源没有那么容易等，我等了小半年了，仍然没有一点消息。阎王要你三更死，哪会留你到五更呢？"

赵时羽还想再说什么，蒋煜霍然起身，猩红着眼，低吼："不行，你必须治疗！你得好好地活着！赵时羽，你不能丢下我一个人！"

说完，他转身往外走："我出去给你买点热粥，你好好休息。"

"蒋煜，我太累了。"赵时羽望着蒋煜宽阔的背脊，疲惫地闭上眼睛，"何必呢，留不住的。蒋煜，算我求你。"

赵时羽眼角缓缓滑落一滴泪。

“让我风风光光地离开人间吧。”

许姜一夜未眠，第二天清早坐第一班地铁去医院看望赵时羽。

赵时羽脸上厚重夸张的妆容卸掉了，整个人看着素净温婉，脸色稍微有点憔悴。

许姜把保温桶放在一边，说道：“脸色不错。”

赵时羽笑道：“那当然，我能吃能睡，当然身体棒棒啦。”

许姜把保温桶里昨晚就炖着的鸡汤拿出来，盛在小碗里，小心地吹了两下：“正好喝。”

赵时羽眼睛一亮，舔舔嘴唇道：“还是姜姜对我好，蒋煜昨天给我喝了一天白粥，嘴里淡得一点味道都没有。”

她喝了一勺，表情僵住：“……你这鸡汤，忘记放盐了？”

许姜回：“你现在应该少油少盐，清淡饮食。”

赵时羽撇撇嘴，“咕咚咕咚”几口喝下鸡汤：“明天我就出院，喝酒吃肉去。”

“你敢。”许姜抬头，看见周溪山和蒋煜从门外走进来。

“老老实实地在这儿给我躺着。”蒋煜脸色很臭，“还想跑出去喝酒？你现在的身体能喝酒吗？”

“姜姜，你看他好凶哦。明明昨天还叫人家小羽毛的。”说着，赵时羽闻了闻，“好哇，你只许州官放火，不许白姓点灯！许姜，我举报，他们两个身上好大的酒味！说，昨晚你们是不是喝花酒去了！”

蒋煜拉了把椅子坐在床边，睨她一眼：“喝你的鸡汤。”

许姜和周溪山出去洗水果。

"昨晚喝酒了？"许姜问。

"嗯，蒋煜心情不好，我陪他喝了几杯。"周溪山捏捏鼻梁，"他估计是一宿没睡。蒋煜说赵时羽态度很坚决，死活不想在医院化疗。他联系了几家医院，都没有合适的肝源，现在开始排队等，还不知道要等到什么时候。"

周溪山沉默半晌，又道："我也是才知道，赵时羽的父母离婚了。"

许姜低头洗着苹果。

她早就知道赵时羽父母离婚的事。有钱人家里的事总是纷繁复杂，因为赵时羽已经成年，他们离婚后没有再考虑孩子的问题。

原本外人眼里幸福的三口之家，彻底撕开了虚伪的假面。

像在一夜之间忽然变成三个陌生人，他们都痛快地和过去的家庭诀别，如果偶尔在过年时想起赵时羽，就会给她的银行卡转一笔巨款，当作亲生父母对孩子的照拂。

"她父母各自成立了新的家庭，时羽不告诉家里自己的病情，也不是完全不能理解。"许姜声音很轻，"她哪里还有家！"

冰凉的水顺着许姜纤细的手指缓缓流下，白玉一样的指节很快泛红。周溪山不知怎的，忽然想起昨晚蒋煜醉得厉害时说的话。

"我从小就喜欢赵时羽，但我从没跟谁说过。"蒋煜醉醺醺地拿起地上的相册，指给周溪山看。

"这是五岁的赵时羽，梳着羊角辫，歪了的那根是被我拽的。

"这是八岁的赵时羽，我们俩手拉手一起放学时拍的。

"这张是十岁的赵时羽，她第一次上舞台表演节目，还强迫我给她献花。她的眉心点个红点，丑死了。

144

"这是十五岁的赵时羽，那年我们因为去哪里旅游吵架，最后她还是遂了我的心愿。"

…………

八岁、十岁、十五岁、十八岁、二十岁。

各个年龄段的赵时羽，像一朵朵美丽的花苞，在蒋煜的相册里慢慢绽放。

"我真傻啊，喜欢就说喜欢啊，总跟她对着干做什么？"蒋煜把头埋在膝盖间，哭得极伤心，眼泪大颗大颗地落在照片上，他又慌乱地擦掉，"对不起，小羽毛，我就是个傻子。"

周溪山不知说什么，默默地又开了两瓶酒。

"三儿，你什么时候开始喜欢许姜的？"蒋煜抬起头，通红的眼睛盯着他。

周溪山想了会儿，回道："应该是设立奖学金之前吧。"

或许是给她折红领结的时候。

或许更早。

也或许是第一次见她，那个倔强不服输，比杂草更顽强的小姑娘，用一支奶油冰棍在他心里种下了喜欢的种子。

"别等了，周溪山。"蒋煜抓住他的肩膀，蓄着泪水的眼睛难以聚焦，"去爱她吧。哪怕相爱一分钟，只做一天的爱人。"

蒋煜哽咽着："去坦诚地爱她，周溪山。别让彼此后悔。"

周溪山回过神来，许姜已经洗完了苹果，又把塑料袋里的水蜜桃拿出来。

"我来吧，水凉。"周溪山说。

"如果是我躺在病床上，你会怎么做？"周溪山边洗水果，边故作轻松地问。

许姜微微皱眉道："呸呸呸，别乱说。"

周溪山道："我只是说'如果'。"

许姜认真地想了想："那我就把你绑在床上，坚持治疗，暂停手头一切工作，别想像时羽似的还想出去喝酒吃肉。"

周溪山莞尔道："那我只能……"

许姜问："只能什么？"

周溪山回了句："遵命。"

他们回病房时，正好看到蒋煜站在病房门口，和顾医生小声地说着话。

等顾医生走后，许姜问："怎么样，顾医生来是有肝源的消息了？"

蒋煜摇头道："顾医生让我联系她的家属，可赵叔叔和崔阿姨我都联系不上。"

"崔阿姨一家已经移居海外，国内没什么亲戚。"蒋煜靠着墙，疲惫地呼出一口浊气，"赵叔叔的电话是空号，我还在找他的联系方式。"

三个人沉默地站在病房门口。

几辆医疗推车从他们身边匆匆路过，散发着消毒水味的白色棉布擦着蒋煜的衣角飞闪而过。

"不然，我来当她的家属吧。"蒋煜垂着头，盯着医院地面铺的大理石花纹，声音缓慢而坚定。

"我娶她。"

蒋煜把这个想法跟赵时羽说完，她马上炸毛了。

146

"不行！绝对不行！"赵时羽紧紧抱住瘦小的身体，一脸惊恐道，"我没几天快乐日子了，你饶了我吧，蒋煜。跟你结婚那不得三天一大吵，五天一小吵？"

蒋煜道："我让着你。"

赵时羽道："'你让着我'的意思，还是认为我不对咯？"

蒋煜："对不起，我说错了。我听你的，时羽。"

"好，你听我的，咱不结婚。"赵时羽又往床靠背躲了躲，抱紧许姜的手臂，"电视剧看多了吧？女主角一得绝症就结婚，结完婚就痊愈了。你醒醒啊，蒋煜，那都是骗人的。"

"而且我这副样子也不知道能活几天了。准备婚礼时间得多长啊，万一你还没准备好我就挂了，那你怎么办？还跟我冥婚？"赵时羽嘟囔着，"死都死了，我也得去下面找个大帅鬼。"

"什么死不死的，不许乱说！"蒋煜压着脾气，耐心哄道，"我会以最快的速度准备婚礼，这点你放心。"

赵时羽反问："干吗非得结婚啊？"

蒋煜也被火气冲昏头脑，口不择言道："不结婚，你治疗的这些同意书，谁给你签字！"

病房里瞬间安静了。

"所以，你是为了给我治病，才要结婚的。"赵时羽上扬的眉尾沉下来，眼里的笑意渐渐淡了，"你走吧，这事儿别再提了。"

蒋煜慌了神："我不是那个意思。"

赵时羽用被子盖住头："滚！"

等屋里响起了关门声，赵时羽才把被子拉下来，屋里只剩下许姜还在。

赵时羽慢吞吞地躺回枕头上，眼泪顺着太阳穴一直流进发丝。

许姜欲言又止。

"姜姜，我知道蒋煜不是那个意思。"赵时羽轻声说道，"我也知道他是真心想对我好。我也喜欢他……但是我不可以那么自私。"

"蒋煜值得更好的人，值得世界上最好最浪漫的婚礼。他可以和这世界上任何一个他喜欢的人结婚，但这个人不该是我。"赵时羽抹了把脸，颤颤巍巍地对许姜露出个难看的微笑，"一个月后，我可能就变成一堆无机物了。也或许，我根本等不到一个月了。"

"说什么傻话。"许姜摸摸赵时羽的头，"我们时羽能活到一万岁。"

赵时羽边抹眼泪边笑道："楼兰干尸吗？"

许姜见她笑出来，悬着的心稍稍放下："时羽，如果我是你，现在就不会考虑这么多。假设生命只有最后一年，那这一年里你也要把自己没做过，但又想做的事情统统做一遍。"许姜说，"时羽，不要留遗憾。不需要领结婚证，可以只举办一场只邀请朋友的小型婚礼。"

许姜循循善诱，摸着赵时羽柔软的发丝，神情温柔道："都说穿婚纱那刻是女孩子最美的时候，我的时羽大美人，怎么能不穿一次婚纱呢？

"时羽，既然生命开始倒数，那就一分一秒都不要辜负。"

赵时羽拉高被子，闷声说："你明天还上班，先回去吧。我要自己想想。"

许姜轻手轻脚地走出病房，走到住院部门口时，看到医院正门一圈人正围着看热闹。

钱美琳尖厉的声音从人群中传出。

"姚思安，你别躲在医院里装蒜！你既然能不要脸抢别人的男人，就别躲在里面闷不吭声！"

钱美琳唾沫横飞，手舞足蹈地吸引周围人群的注意。

"我闺蜜，我从初中开始结识的闺蜜，和我未婚夫搞在一起了！"钱美琳红着眼睛，大声嚷嚷，"姓姚的，你不就是要钱吗！我给你！你带着这些钱滚出青榆！"

人群沸沸扬扬时，姚思安从里面走出来。

苍白面容把她过于浓稠艳丽的五官映得越加温婉，她穿着一身简单的黑色连衣裙，从容不迫地站在医院门口的台阶上方，睥睨着钱美琳。

像一朵气势逼人的黑玫瑰。

周围渐渐安静下来。

钱美琳刚欲开口大骂，便看见了从姚思安身后走出来的男人。

"方知行？你怎么也在这儿？"短暂的惊愕过后，钱美琳气得直哆嗦，"你又和这个狐狸精搅到一块儿了是不是？方知行，我们已经订婚了！"

被叫作方知行的男人挡在姚思安面前，神情疲惫地揉着额角："美琳，我们之间不过是家里长辈见面时的口头允诺。你我订婚时我并不在国内，一切都是家里人自作主张。"

"钻戒和聘礼我一概不要，权当你的精神损失费。"方知行深吸一口气，"钱美琳，你不要闹了。"

围观群众被男人的几句话说得迷迷糊糊，眼下看着三个人对峙，竟然不知道该信谁的好。

到底是小三上位霸占原配未婚夫，还是封建婚姻观念下捍卫自由爱情的悲剧？

人群窃窃私语，钱美琳瘫坐在地上，气得号啕大哭。

"臭婊子，霸占别人老公，你不要脸……"钱美琳边哭边骂。

姚思安从台阶上缓缓走下来。

"医院、公司、小区，你也该闹够了。"姚思安抓起钱美琳的头发，迫使她抬头看向自己。

与钱美琳那张哭得一塌糊涂的脸相比，姚思安看起来更是美得惊心动魄。

"我一直让着你，是因为还把你当朋友。从今天开始，我不会再忍你了。"

姚思安泛白的唇漾起一抹笑："你知道我今天来医院干什么吗，钱美琳？"

她宛若一只凶狠残暴，却拥有世界上最美丽皮囊的海妖。

"美琳啊，我怀孕了。"

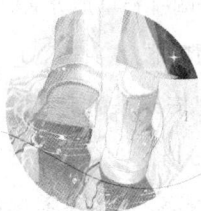

第八章

暗恋的惯性

在姚思安第三次往咖啡杯里加方糖时，许姜忍不住提醒道：
"你怀孕了，最好别喝咖啡。"

"我不喝。"姚思安纤长的手指捏着搅拌匙的细柄，抿唇笑道，"平时上班喝习惯了，总要靠咖啡提神。现在强制戒掉咖啡因，是对大脑的折磨。现在只是闻闻味道，就足够对我的大脑起到镇静作用了。"

许姜看她一眼，抬手叫服务员加了杯热牛奶。

"想问什么都可以问。我看见你在对面看了好久，肯定有很多想知道的。"姚思安笑了笑，把长发捋到耳后，"对于即将到来的新同事，我可以知无不言。"

许姜咽下嘴里的橙汁，问道："你怎么知道我是你的新同事？"

"我在公司里也是做风投管理这一块儿的，你的简历到公司之后我们集体开会，最终通过全体投票选择了你。"姚思安说，"那么亮眼的履历，让人放弃都难。"

许姜道谢："谢谢。"

姚思安凑近了点，眯起眸子问："真的不想问我什么？"

许姜把刚上的热牛奶推到她面前，说道："如果你实在想说，我可以做个合格的倾听者。"

接下来的半个小时，姚思安讲清楚了她和钱美琳，以及那个叫作方知行的男人之间混乱的关系。

大概两三个月前，姚思安在一场酒会上认识了方知行。方知行谈吐优雅，知性睿智，家里在青榆市也小有名气。两人一见钟情，很快确定了男女朋友关系。

在确定这段关系之后，姚思安慢慢发现，方知行总是躲躲闪闪的。她问过方知行几次，他都含糊其辞，没有给姚思安准确的答复。紧接着，她发现了钱美琳的存在。

方知行对此的解释和在医院门口时的解释一样，还把姚思安带回家里，由家里人证明他所言不虚。

"那他父母是什么态度？"许姜忍不住问。

姚思安顿了顿道："方家没什么底蕴，不看重表面，只重视接续下一代。我既然怀孕了，他们当然很快就推掉了和钱美琳家的婚约。

"订婚时方知行确实不在，所以订婚也算不得数。"

姚思安说："只不过钱美琳家的公司出了问题，全靠钱美琳的聘礼周转，所以钱家为了抱住方家的大腿，才会让钱美琳死缠烂打。"

听到因为孩子才结婚这件事，许姜本能地觉得不舒服。

但她和姚思安的关系不过淡如水，于是也只轻微地皱了皱眉，没多说什么。

姚思安看出了许姜的不愉快，反而笑出了声，弯弯的眉眼十分艳丽，妖娆得让人心里发痒。

"许姜，你是可以自己选择生活的理想主义者，而我是不得不对生活做出选择的现实主义者。"姚思安说，"很多事身不由己。更何况我真的挺喜欢方知行，很多事也愿意争一争，忍一忍。"

许姜忍不住问："你相信他说的都是真的？"

"有多喜欢呢。"姚思安抿了口牛奶，没理会许姜的问题，自言自语道，"大概是愿意为他生孩子那么喜欢吧。"

许姜没再多说。

避而不答，也许就是姚思安给出的最好的答案。

许姜再见到姚思安时，是在第二天的部门迎新会上。

虽然许姜并不是正式员工，但部门老大还是带着她和几个新人一起开了欢迎会。

许姜看见周围的同事都跟姚思安保持着若远若近的距离，又想起了姚思安和钱美琳在医院门口的对峙。

想必钱美琳那个得理不饶人的性格，来安恒闹过很多次吧。

会后，姚思安把一沓文件交给许姜："这是你负责项目的全部资料，尽快梳理好交给老大。如果可以的话，老大希望你出一份调研报告。"

她俏皮地眨眨眼，说："周氏集团的小命现在就掌握在你手里了。"

许姜看资料一直看到很晚。

她收拾好东西准备下班时才发现外面下了雨。雨淅淅沥沥的，不算大，许姜决定跑回去。

反正她住的地方离这里也不远。

还没出门，许姜就接到了周溪山的电话。

"下班了吗？"周溪山问。

许姜按下电梯按钮："今天有事晚了一点，正准备走。"

"在你公司门口见。"周溪山说，"下雨了，我来接你。"

许姜看了眼时间，准备拒绝周溪山，想要他在家好好休息。可拒绝的话她还没说出口，对面就已经挂断了电话。

急匆匆的，似乎预料到她要拒绝似的。

那辆黑色大众就停在安恒投资门口，许姜下来时，正好听见门口的保安和周溪山交涉。

"帅哥，五分钟，五分钟，之后还要再加五分钟。你都在这儿停了半个小时了，你接的人到底什么时候出来！"

"抱歉，她真的出来了。她没带伞，我不想她淋雨，真是给你添麻烦了。"

保安见周溪山文质彬彬的，态度又很得体，也放低了声调："没事，下雨天都能理解。"

保安大哥走远几步，忍不住回头补了句："真下来了吧？"

许姜憋着笑，站在门口喊："真的下来啦！"

保安的眼神在周溪山和许姜之间转了一个圈，跟着笑道："行了，快去吧，你男朋友等你半个多钟头了。"

许姜刚想解释，周溪山在车上喊她："外面凉，上车吧。"

车里温度是暖融融的二十六摄氏度，许姜坐在副驾驶位置，因为周溪山的默认偷偷开心。

回家的路上，雨势渐渐变大，偶尔还传来几声打雷的声音。

"吃饭了吗？"周溪山问。

"还没，准备回去下点挂面。"许姜顿了下，又道，"你吃了没，没吃的话我们一起。"

她话音刚落，周溪山就答道："好啊。"

没有犹豫。

许姜高兴得快跳起来，面上仍然云淡风轻道："打卤面还是原汤面？我都会做，你可以挑一个。"

周溪山答道："原汤面。"

许姜："再加一个荷包蛋。"

周溪山笑道："成交。"

两人一起回家进电梯时，许姜甚至有点恍惚。

她告白了吗？她没有吗？

那为什么他们在一起的时候这么自然，像是过着平淡生活的老夫老妻？

——那这些是不是表明周溪山对她是有一点点偏爱和喜欢的。

电梯缓慢上行过程中，传来几声轻微的电火花霹雳声。

许姜还沉浸在自己的思虑中，没注意到周溪山微微皱起的眉梢。

下一秒，电梯里的灯光忽地灭了，许姜眼前一黑，瞬间感觉到一阵强烈的失重感和眩晕感。

轿厢屏幕上不断跳动的红色数字，意味着他们在飞速下坠。

黑暗与下坠引发的恐惧还没来得及袭击许姜，她的手腕就被周溪山稳稳地握住。

"贴着电梯墙壁站好，双腿屈膝。"周溪山的声音很稳，握着许姜手腕的手心温热有力，让她也随之镇定下来。

周溪山站在许姜身侧，快速地按下电梯尚未到达的楼层按钮，同时按下紧急呼救按钮。

刺耳的警铃声在许姜耳边响起，周溪山感受到她的颤抖，握着她手腕的手更用力了些。

"咔嗒"一声，电梯停了下来。

警报按钮旁边的对讲系统也传来了声音："您好，这边是物业，您那边是什么情况？"

周溪山声音沉稳道："两个人困在电梯里，目前看不到是第几层。"

物业人员的声音夹杂在"嗞嗞啦啦"的电流声中："雷劈坏了小区电梯的电源，我们这边马上启动备用电源，您不要着急！"

说完，对讲机里也没了声音。

许姜本来是很怕黑的，又刚刚经历了非常吓人的电梯事故，她本来应该六神无主，慌乱异常才对。

或许是因为周溪山就在她旁边，许姜有了泰山崩于前而面不改色的从容不迫。

许姜想：如果是在周喜三旁边，就算是世界末日也没关系。

一片黑暗中，许姜微微动了动僵硬的手指。

周溪山的手就握在她手腕上方。

只要许姜想要，就能拉到他的手。

她蠢蠢欲动时，头顶斜上方倏地亮起一束极亮的白光。

周溪山清隽的脸隐在手机摄像头后："打开手电筒，这样你就不怕了。"

许姜心道："……我谢谢你啊。"

周溪山见许姜脸色不好，温声安慰："小区电梯还是很安全的，现在电梯应该是卡死状态，不会继续下坠了。物业很快就会派人来，不要怕，许姜。"

空气安静了好一会儿，许姜才慢吞吞地开口："不是因为电梯的事儿。"

周溪山问："那为什么不开心？"

手机灯光下的许姜面容白而脆弱，像一件剔透的白瓷，睫毛在眼下皮肤投下一小片阴影。

"看小说和电视剧里，男女主角关在电梯里总会发生点浪漫的故事。"许姜说，"比如灵魂互换，或者死对头变小情侣，两个人在电梯里彻夜长谈，解开心结……最不济也是发生点令人激动的瞬间。"

许姜抬头看了眼周溪山，又被手机的光刺得偏过头去，只留给周溪山一个执拗的侧脸。

"哪有女主角被人用手机自带的手电筒对脸照的。"

周溪山把手机偏了偏，光线移到电梯的角落："生活和影视作品还是有差距的。"

没有差距。

许姜想，只是因为她不是故事的女主角。

周溪山轻笑，把光源挪开一些，悬在两个人的斜上方，让影子暧昧地投射下来。

"我的女主角。"周溪山的侧脸在昏暗的电梯里变得很温柔，说道，"我们来长谈吧。"

空气安静了一瞬。

"短谈也可以，"周溪山靠着电梯墙壁，"不知道物业什么时候过来。"

他说完，便不再说话，静静地看着许姜，似乎在等她发起一个新话题。

许姜下意识地朝后靠了靠，电梯金属轿厢透出的凉意透过衣裳，沁入她的皮肤，让许姜打了个寒战。

这时许姜才发现，当真的让她和周溪山两个人处于一个封闭私密的空间里时，她根本不知道该说些什么。

赵时羽的病情，姚思安怀孕，还有她入职安恒在杳的周氏集团的资金流向……这些事情在许姜大脑里萦绕，件件重要，事事正式，堆积在许姜心里，让她居然想不出一个没那么沉重的话题。

其实并不是完全想不出。

她对他消失的这些年，有太多隐秘的探知欲。

许姜想问周溪山，刚上高中那年为什么忽然决定出国，又在出国时不告而别。

想问他是什么时候开始有了很多她不懂的数字秘密，比如每年过年时发的 8023 是什么意思，再比如他的锁屏密码为什么设置成 9395。

想问他这些年一个人在国外住得习惯吗，过得好不好。

想问他前些日子堂而皇之地说，有喜欢的人了，是真的吗？

想问问周溪山，有没有一点点喜欢过许姜这个人。

…………

许姜心里清楚，有些话问出来，就是在自掘坟墓。

——想他回答，又不敢问他。

许姜抱着矛盾而胆怯的心理浑浑噩噩地过了许多年，从来也没有问过周溪山这些。

她不敢。

即使现在成年的许姜已经和当初敏感自卑的少女许姜完全不同，她变瘦变好看，家境也好了许多，许卫国和姜兰更是不会亏欠她的吃穿用度。

一路走来，金灿灿的履历足以让许姜在众多求职者中脱颖而出。

一切的一切都可以让许姜抬头挺胸，自信地站在于秀敏班级的讲台上谈笑风生，可以去完全陌生的环境工作学习。无论任谁来看，许姜都是骄傲、自信又独立的新时代的优秀年轻女性。

可只有许姜自己知道，她拥有的所有自信，在面对周溪山时，都苍白无力，像抛进热火中的一块冰，几近化为乌有。

而周溪山则是一块温润剔透，只可远观而不可亵玩的美玉。

黄昏落日、曲水流觞、闲云野鹤，那些理应出现在诗篇里的，才与他最登对。

许姜未曾染指内心就已惶恐，只是靠近周溪山，就觉得自己处处不相衬。无论她如何蜕变、成长，只要周溪山站在那儿，掀起薄薄的眼皮看她一眼，便什么都变了。

许姜所有的粉饰在周溪山面前都是徒劳，她深藏在骨子里的自卑像嗅到了上瘾的药，争抢着往外跑。

周溪山注意到许姜的沉默，微不可闻地叹了口气，说道："不想谈就不谈。"

周溪山垂下手臂，手机的亮光也随之降了下来，落在地面上形成一块小小的光斑。

他的神情在模糊的光线里也不甚清晰。

许姜觉得周溪山似乎是不太开心，第六感告诉她，是因为她的沉默，才使他的情绪这样差。

她的第六感疯狂地叫嚣着：许姜，如果不抓住现在的大好时机，以后可能再也没机会说了。

出征吧，胆小鬼。

在爱情这场战役里，胆小鬼也要成为勇敢的战士。

好在黑暗给了许姜心理上相当充分的安全感。

她用另一只手拉住周溪山的衣摆："要谈。"

"你喜欢我吗？周溪山。"许姜鼓起勇气问。

她声音很轻，但在只有两个人的密闭空间里，足够清晰了。

与此同时，电梯外传来嘈杂的声音，电梯门忽地缓慢地开了一道缝隙，与此同时，电梯轿顶的灯光打在许姜脸上。

许姜浅棕色的瞳孔微微颤动，而后认命般地合上眼。

"不好意思，先生！"外面物业经理的声音很大，震得门"嗡嗡"响，"刚才去启动了应急电源，让你们久等了！有没有人受伤？"

周溪山回头，一脸关切地问："你有受伤吗？"

许姜摇头。

"那你刚刚说了什么，外面开电梯的声音太大，我没听清楚。"周溪山说，"好像听见了'喜欢'这个词。"

是。

"是在问我喜欢什么？"

喜欢我吗？

许姜咬了下舌尖，轻微的疼痛让她清醒过来，她神色如常道："问你汤面里喜不喜欢加葱花和火腿片！"

周溪山的眼神在她脸上徘徊、游移，似乎想看出点破绽来。

许姜面色如常地应对着他的视线。

在伪装这方面，许姜从来不会输。

过了半晌，周溪山说："我都可以。"

许姜走出电梯，周溪山走在她旁边，绅士地推开了厚重的消防通道铁门。

十四层楼，许姜从没觉得楼梯有这么长。

刚开始许姜还保持着匀速上楼的节奏，走到第七层时许姜小腿酸得发胀，走到第十层时许姜开始喘不匀气，速度也慢得像乌龟爬。

她每踩一级楼梯，都需要十足的力气。

许姜不知道跟在她身后的周溪山怎么样，最起码她从他的脚步声中，没听出一点疲惫。

她边想边抬脚，身子一晃没踩稳，摇摇欲坠时一只温热的手马上贴到她的腰后，稳稳地撑住了她的身体。

"走路要专心。"周溪山说。

许姜不用回头，也能猜到周溪山现在的表情。

应该和刚上高一那次她和赵时羽同时摔倒时，一模一样。

果然，周溪山的下一句话染着笑意："怎么还和高中时那样笨手笨脚。"

162

高中刚开始分班时，许姜、周溪山、蒋煜和赵时羽四个人还是分在同一个班级。

那时在女生之间流行看杂志上的小测试，那种跳转不同的选项最后按照最终答案去寻找对应的心理解析的测试。

许姜是不信这些的，但赵时羽特别喜欢，每次都抱着杂志算个不停，坚信心理学是辩证的唯心主义，一切都是命中注定。

某天，赵时羽抱着最新一期杂志，悄悄地拉过许姜，在她耳边说："姜姜，我发现了个可以测试谁是最关心你的人的方法！

"测试上说你摔倒时，第一个冲上来的人就是最关心你的。"

许姜："……你不会是想测一次吧？"

赵时羽连连点头道："一会儿体育课自由活动时，我们拉上蒋煜和三哥，再把几个好朋友叫上，可以假摔测试一下。"

许姜："假摔？太危险了，如果你真的摔倒了怎么办？"

赵时羽拍着胸脯打包票："不会的，我有分寸。到时候你记得配合我。"

许姜问："我怎么配合？"

赵时羽做了个非常夸张的吃惊表情，一口台湾腔："你就大喊一声：'哎呀，不好了啦，赵时羽要摔倒了啦！'"

许姜一脸难言的表情："我还有别的选择吗？"

赵时羽摇头道："不，你没有。"

于是按照赵时羽的安排，体育课自由活动时，许姜走在她身侧，时刻关注着赵时羽的举动，准备随时配合她的假摔计划。

前面有半块红砖，看起来像赵时羽的目标。

163

果不其然，赵时羽朝着那块砖大步地走了过去。

还有两步距离时，许姜忽然听到不远处的篮球场上有人喊："同学，小心！"

失控的篮球朝许姜砸过来，她回头时已经来不及躲避。许姜整个人慌了神，既担心篮球砸中自己，又担心赵时羽会不会真的踩中那块砖不小心摔倒。

两害相权取其轻，许姜选择——

闭上眼睛。

她的反应与运动神经也只能努力到这一步了。

然而下一秒，什么都没有发生。

带着惯性和冲劲儿的篮球乖巧地停在周溪山手中，连个多余的旋转都没有。

而周溪山的另一只手隔着许姜的连帽卫衣，轻轻捏住她的脖颈，把人往他怀里带了两步。

许姜没有贴到周溪山身上，距离他的校服外套还隔着一小段距离。但这个角度，在周围人看来已经非常暧昧。

周围人小小的惊呼声，男生们善意的口哨声，都不足以吸引许姜的注意力。

那只停在她卫衣帽子上温暖的手，以及她抬头看见的少年青涩的下颌，牵动着她的心。

许姜想，周溪山是第一个关注到这个篮球砸向她的人。

她头一回信了心理测试的结论。

暧昧的哄笑声没有持续多久，因为只是转头的瞬间，赵时羽和蒋煜已经摔得人仰马翻。

赵时羽："蒋煜你有什么毛病啊！拉我校服干什么！"

蒋煜龇牙咧嘴地揉着膝盖："不是你自己去拉许姜结果崴脚了，我会去扯你的衣服吗？我还不是怕你摔倒，笨蛋！"

赵时羽怒道："那某人不还是踩到砖头摔倒了？还压着我一起摔了个狗吃屎！"

赵时羽见许姜没被篮球砸中，舒了口气，等看到她和周溪山的姿势，再度愤愤不平地看向蒋煜："为什么姜姜那里就是偶像剧女主角的待遇！我就摔得这么惨！都怪你蒋煜！"

蒋煜看着气鼓鼓的赵时羽，干巴巴地找理由："不用羡慕别人，你也是一种电视剧的女主角。"

赵时羽："什么？"

蒋煜正色道："情景喜剧。"

赵时羽："……滚啊！"

周溪山见蒋煜和赵时羽都没事，低头问许姜："吓到了？"

许姜回："没有。"

周溪山："唔，人笨手笨脚的，胆子倒是大。"

许姜："嗯？"

"没关系。"周溪山安抚般地捏了两下许姜的脖颈，"这儿不是还有两个比你还笨的吗？"

正在吵架的赵时羽和蒋煜顿时沉默了。

充斥在大脑里的与周溪山有关的回忆，支撑着许姜走完了剩下的台阶。

仔细想来，许姜对于初中和高中的记忆并不是很清楚。

165

尤其是在周溪山离开前，她的记忆似乎被分成了一帧帧的片段，每个片段都是跳跃的、不连续的、短暂的，而每一段被许姜清楚想起的回忆，都是关于周溪山的片段。

那些被触发的回忆，像是游戏通关后奖励的金币，被许姜小心翼翼地藏在心里某个隐秘的角落，偶尔还会偷偷走过去拾起来，用牙咬咬，看看是不是真的。

周溪山不在时，记忆中的人在许姜心中成了模糊的剪影，大段的时间被高考分割，没有任何的记忆点。

周溪山在时，跟他有关的回忆都鲜活又生动，以至于每一个微小的细节，许姜都记得清清楚楚。

她想不明白是怎么回事。

于是，许姜在煮面时，周溪山提醒过三次关小火，两次小心烫手后，终于忍不住看向魂不守舍的许姜，问道："你到底在想些什么？"

许姜藏一半说一半："周喜三，你回想初中和高中时候的事儿时，有没有感觉自己的记忆像断了一样？"

"就是一段一段的，拼凑不成一个连贯完整的记忆。"许姜边切葱花边演示，"就像这些葱段一样，一截截的，完全连不上。"

周溪山戴上围裙，接过菜刀，继续切葱花："你去旁边站着，拿着刀还心不在焉，危险。

"人类的记忆分为长期记忆和短期记忆。像在期末考试前临时突击背诵，或者当下要记住一个比较重要的电话号，都是短期记忆。过了这段时间，你就会忘了。"

周溪山继续说："而我们关于上学时的记忆，就算得上比较久远的长期记忆。大脑在处理这些信息时会进行筛选，留下最让人印象深刻、刻骨铭心的记忆，那些不是很重要，并非关键节点，比较生活化的事情会被选择性忘记，是很正常的。

"我们不会记得初三第二次月考时，监考老师穿了什么颜色的衣服。

"也不会记得上周偶然路过的花店，女老板推荐的粉玫瑰有几枝沾了露水。

"大脑会疲惫，对记忆进行筛选消化，都是很正常的事。"

周溪山的声音轻缓低沉，伴着锅里"咕噜咕噜"的沸水声，让人心里很踏实。

"许姜，你还记得我们第一天相遇时风从哪个方向吹吗？"周溪山问。

许姜愣了下，她只记得那天扑面的风很热，推着自行车回家的方向是……

好吧，许姜分不清东南西北。

"南风吧。"许姜胡乱答道。

"那天是温热的东南风。"

周溪山切葱花的声音"咚咚"的，在煤气灶燃烧的声音里并不真切。

"你推着一辆黑橘相间的自行车，穿了件浅粉色短袖，在文具店前面不远处的冰激凌店里买了两支第二件半价的奶油冰棍。我吃的是椰奶味，你吃的是草莓味。"

"当时我拆开冰棍没有马上吃，而是看着你吃的样子发呆。"周溪山笑了，"那时我就在想，这个女生吃东西的样子虔诚又可爱，眼睛那么亮，像冬天里要把松子藏进嘴里的小松鼠。"

许姜窘迫道："你记得还挺清楚。"

"那天的每个细节我都记得清清楚楚。"周溪山把葱花撒进锅里，脸上被蒙了层蒸腾雾气，"我这样说，你能明白吗？"

周溪山说："许姜，与你相遇的日子，是我生命中非常重要的时刻。"

周溪山看着许姜。

许姜，跟你有关的每一天，对周喜三这个人来说，都是生命中至关重要的日子。

那天周溪山端着碗，看着许姜红着耳根埋头吃了一大碗汤面。许姜见他慢慢悠悠地没吃完，还默默去厨房又装了一碗。

他吃完后很快从许姜家离开，不然受惊的"小松鼠"还不知道要吃到什么时候。

周溪山打开家门，一如既往地被屋里涌出的黑暗包裹住，但他却没有如同往常那样径直走进黑暗中。

他打开灯，给绿植浇水，换好衣服后，甚至用蓝牙音响放了一首抒情的纯音乐。

周溪山闭眼假寐，把公司里的事情暂时都抛在脑后。

公司现在仍然不算安稳，有些股东蠢蠢欲动，把手中的股份变卖给对家，让周溪山在董事会逐渐失去话语权，甚至想让他失去周景林经营了三十几年的周氏集团。

但周溪山今晚暂时不想考虑这些。

他只想安安静静地坐在这儿，想着住在对面的"小松鼠"。

想她现在正揉着耳根，几近把脸埋进碗里，小口小口地吃面。

周溪山不想逼许姜，他想让她慢慢地喜欢上自己。

他们之间，还会有很长的时间。

有周溪山的一生那么长。

那次电梯事故后，好几天许姜都绕着周溪山走。

周溪山的态度让她有点拿不准。

说是男女间的暧昧吧，又好像不是。但和从前相处时相比，许姜确实感觉到不太一样。

许姜不知道他对自己究竟有没有那方面的意思。

在海边走久了的人，哪怕海浪冲上来没有打湿脚面，他们也会理所应当地以为鞋子湿掉了。

人都有种可怕的惯性，许姜也不例外。

她暗恋的惯性，是没想过周喜三会有波澜。所以当波澜真的涌来时，许姜下意识地畏惧退缩。

而且安恒资本最近真的很忙，忙到许姜这个实习生也跟着连轴转地加班。

最近许姜工作时没见过姚思安，与许姜对接周氏集团资料的人也换成了总监秘书，问起姚思安时，部门里的人都说不清楚。

许姜只觉哪里不对，却也无暇顾及她。

每天除了部门里许多琐碎的业务，许姜还在加班加点地查周氏集团背后的股份流向，忙得脚不沾地时，许姜还要抽出时间去医院看赵时羽以及帮赵时羽选婚纱。

前几天赵时羽忽然给她打电话，语气喜气洋洋："姜姜，我准备和蒋煜结婚啦，你有空过来帮我选婚纱和定场地呗。蒋煜不让我离开医院，只让我远程看着。

"想来想去，别人的审美我都不放心，只有你最合适。"

许姜听到一声轻微的闷咳，紧接着听筒就被赵时羽捂住，过了几秒钟赵时羽才继续哑着嗓子，笑嘻嘻地问她："有没有时间啊，我的许大白领？"

许姜抹掉眼尾的涩意："当然有，随叫随到。"

许姜不清楚蒋煜是怎么说服赵时羽同他结婚的，并且还乖乖地在医院里等着，让别人代替她去挑选这样重要的东西。

坐在周溪山车子的副驾驶位置，许姜问了这个问题。

周溪山也摇头道："我也不知道蒋煜怎么做到的，他那个人吊儿郎当小半辈子，只有和赵时羽结婚时才这样重视。"

他手指轻敲着方向盘："也许这就是爱吧。"

许姜默默咀嚼着周溪山话中的含义，没觉出什么，用余光瞥他："那蒋煜怎么不跟我来，还让你过来？"

"他现在一天到晚把医院当家，二十四小时贴身守护赵时羽，每天都窝在单人病床上睡，累得不像个人样。"周溪山捏捏鼻梁，"蒋煜那精神状态，让他开车载你我不放心。"

许姜看了眼周溪山眼下的青黑，以及脖颈上越发清晰的血管，小声嘟囔："好像你的精神状态很好似的。"

周溪山无奈道："许姜，我听得到。"

"你放心，我状态良好，载着你开几个小时都没问题。"周溪山把车稳稳地停在红灯路口前，"而且咱们这一对伴郎伴娘，要是真出意外，到了地底下也算有个伴儿。"

"呸呸呸，乌鸦嘴。"许姜拍了下周溪山的肩膀，"你也赶快吐出来，一大早就说这么不吉利的话。"

"好，呸。"周溪山宠溺地笑笑，"就算真出事，我也会让你好好活着。"

他轻声说："地下那么黑，我才舍不得。"

舍不得。

这三个字让许姜心中"轰"的一声炸开了烟花，她假装没听到，咳了声，提醒道："看路。"

交通信号灯精准地变了颜色，周溪山没说什么，启动了车子。

只是他嘴角噙着的笑意，让许姜有点手足无措。

车里短暂的沉默被周溪山的手机铃声打断。

周溪山没有避讳地按下了接听键："哪位？"

"周总，我是李斯。"李斯的声音冷静沉稳，"公司的股权情况似乎有了变化，对方保密程度极高，评级约是商秘3A，我这边还在继续追踪。"

"我知道了，辛苦。"

李斯没再多说，简单地汇报明日的工作安排后，利落地挂掉电话。

没等许姜问，周溪山先开口解释："我的秘书，李斯。"

许姜现在没心思关注周溪山的秘书是李斯、王斯还是刘斯，她皱着眉道："持股情况变化？"

周溪山嗯了声："股权让渡是很正常的，你不用担心。李斯打电话给我只是因为近期周氏集团要开股东大会，他对股权情况变更就格外敏感。

"周氏集团的股权构成比较复杂，很难三言两语同你讲清楚。

不过大部分股东都是很忠诚的，对集团未来的规划也非常满意，股东大会不会出问题。"周溪山安抚许姜，"到时候许叔叔也会作为代表出席，有他在不会有事的。"

许姜想起她搬家前，许卫国异常的愤怒，觉得事情不太对。

周溪山见她还紧皱着眉，笑道："不会因为李斯这通电话，安恒的许助理就给我的评估报告上打一个叉吧？"

许姜心中仍有疑云，但为了不让周溪山担忧，敛了表情配合他："唔，那可说不准。"

周溪山笑道："那许助理想如何？"

许姜捏着下巴，故意流里流气地上下打量周溪山："周总还是要拿出点诚意来。"

周溪山瞥见许姜的表情，配合地拧起眉心："那我想想。"

沉默片刻，周溪山又说："许助理，你要如何，我们就如何。

"这样的诚意，你满意吗？"

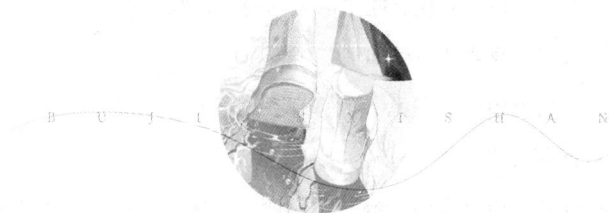

第九章

最让她难过

许姜迷茫地盯着换衣间里巨大的镜子，叹了口气。

　　什么叫"我要如何就如何"？

　　所以周溪山的意思是，就算现在她开口要做他女朋友，也是完全没问题的吗？

　　所以周溪山是在暗示她，他们两个人的关系进一步发展，他完全同意吗？

　　所以他们两个的关系已经发展到只差临门一脚，捅破最后一层窗户纸了？

　　所以……

　　"许小姐，"外面导购员礼貌地询问，"这套方便穿脱吗？我没有催促您的意思，只是您的先生让我来看一看，是否需要我的协助。"

　　"您的先生"这四个字又完美地搅乱了许姜的思路。

　　一对男女在婚纱店试穿被人误解很正常，许姜如果真的跟她解释反而会乱了套。

　　"没事，我马上出来。"许姜又调整了下裙摆的位置，说道，

"头纱我挂在这边了。"

试衣间的帘布缓缓拉开，许姜看见导购员眼中难以掩饰的惊艳神色，以及举着手机等待的周溪山。

"许小姐，您的肩颈太完美了，肤色白里透粉，很少有顾客能把这件婚纱穿出这种效果！"导购员惊叹，"不信您可以问问您先生。"

"确实很美。"周溪山捏着下巴沉吟，"就是……抹胸是不是做得太低了？不过，还是要感谢时羽让许姜穿上这套充分展示她曼妙身姿的服装。"

赵时羽在视频通话那边喊："你懂什么！抹胸婚纱就这样才好看！姜姜，你转个圈，我想看看婚纱上的碎钻闪不闪。"

许姜听话地转了个圈，露出一大片雪白后背。

周溪山眉梢微动，听见视频里的赵时羽小声说："不用谢，三哥，能成人之美也是我应该做的。"

周溪山有些无语。

赵时羽继续低声催促他："有没有心动？我跟你讲，周溪山你别不识抬举，我家姜姜这样好的姑娘你打着灯笼都找不到！"

赵时羽说完这句，声音又大了起来："服务员，把刚才我看上的那套深 V 深到肚脐眼的鱼尾款婚纱拿过来！"

赵时羽小声说："小样儿的，迷不死你。"

周溪山扫了眼尴尬的许姜，面带微笑地阻止了导购员的行动："许姜可以试穿，但是你有没有想过，蒋煜根本不会让你穿那种婚纱。"

"深 V 深到肚脐眼的。"周溪山重复了一遍赵时羽的要求，嘴角弧度未变，又道，"蒋煜会说，你不如披上两块布。"

赵时羽喊道："喂，是我结婚还是你结婚！"

周溪山耸肩道："当然是你。蒋煜愿娶，我还不愿嫁呢。"

赵时羽道："那我要穿什么婚纱你干吗干涉？姜姜穿给我看！"

"我得对我的女伴负责。赵时羽，你现在虽然是病人，但也不是病得下不来床。我和许姜只负责给你们跑跑场地，婚纱也是随便试试，到最后这些都得你和蒋煜自己来定。"

周溪山把镜头对准自己，眯眼看向摄像头，说道："赵时羽，仗势欺人是你从小的本事，别以为我不清楚。你欺负蒋煜行，想欺负许姜没门儿。

"他们让着你，我可不会让。"周溪山敲了下屏幕，又道，"不是什么大不了的病，又不是治不好，别欺负人。"

视频那头静了片刻，赵时羽撇撇嘴，嘟囔着说周溪山是个小气鬼，然后挂断了视频电话。

周溪山抬头，对着至今没分清楚是谁结婚一脸尴尬的导购员说："麻烦把我挑的那几套拿过来，让她试试。"

"刚才你的语气是不是太重了？"等导购员走后，许姜忧心忡忡地拎着裙摆，"时羽现在心情肯定特别差，我们最好还是顺着她的意思，别让她不高兴。"

"你要是真想赵时羽高兴，就把她当成一个普普通通的正常人。"周溪山说，"当成没生病的，平时和蒋煜一言不合就开怼，开朗阳光的好战分子赵时羽。"

周溪山摸摸许姜的头道："现在把她当病号，当一碰就碎的

176

瓷器才不行。我们小心翼翼的更让她难过。"

许姜揉了揉太阳穴道："……是我没有你考虑得周到。"

"关心则乱。"周溪山忽地倾身，吹落一根停在许姜肩膀上的羽毛，"或许你想穿那件……"

周溪山做冥思苦想状："唔……深 V 鱼尾裙。作为欣赏者，我自然是，荣幸至极。"

许姜红着耳朵，提起裙摆朝试衣间走。

走了一半时，她忽然停住脚步，转过头疑惑道："你刚刚说的是，叫我试穿你看中的几款婚纱。你看中的，拍给时羽看，她会喜欢？"

"聪明的姑娘提了个好问题。"周溪山挑了下眉尾道，"来试婚纱，不就是要穿婚纱的人和看她穿婚纱的人来决定试哪件？赵时羽那边就先应付下，蒋煜对于婚纱的款式肯定有他的想法。"

周溪山向前走，停在许姜跟前，低垂着眉眼看她，问道："许姜，你只试穿给我看，行不行？"

黑亮的瞳仁泛着水光，惹人垂怜。

行。哪里不行。

许姜冲回试衣间，看着镜子里自己红得快要滴血的耳垂，忽然理解了现在网络上疯狂追星的粉丝们。

只要哥哥高兴，妹妹的命都给你。

在婚纱店折腾了一上午，中午许姜和周溪山在附近的快餐店应付了一顿，就被蒋煜的电话召唤去场地。

婚礼场地是蒋煜一手布置的，本来今天他想带赵时羽过来走

177

一遍流程，顺便看看她哪里不满意，但赵时羽突然晕倒，顾医生说等她醒过来要再做个检查，蒋煜也担心她的身体撑不住，就叫许姜和周溪山替他们来走一遍流程。

周溪山挂断蒋煜的电话，给许姜转述了赵时羽昏倒的事。许姜立马慌了神，只觉得脑袋"嗡"的一声，像绷得很紧的弦忽然断了，随之所有的理性思维全部告罄。

"不行，我得去看看时羽。"许姜指尖冰凉，感觉血液顺着血管逆流回心脏，又道，"我必须要去看她。"

周溪山拦住她："听蒋煜的安排。"

许姜第一次朝周溪山发脾气："周喜三，你现在应该跟我一起去医院看时羽！

"我试穿的婚纱，看的婚礼场地，我们代替时羽走的婚礼流程，这些东西存在的意义都是为了时羽！"

许姜眼眶微红道："现在她人在医院昏迷不醒，我在这儿看花团锦簇又有什么意义！"

周溪山叹了口气。

他轻握住许姜的手腕，语调温和地阻止她："许姜，我们做这些的意义，是为了让赵时羽有一场没有遗憾的婚礼。"

"赵时羽现在正在昏迷，如果情况不好蒋煜不会要我们来这里。"周溪山安慰许姜，"他不会瞒着我们。"

"这些东西被赵时羽赋予意义，同时也赋予给赵时羽意义。"周溪山说，"或许我说得有些绕口，但我想你明白了。

"等赵时羽醒来时，我们可以在病床边，给她讲婚纱的裙摆有多长，婚礼现场有多少粉玫瑰，礼堂里所有的空位子加起来有多少个，主持婚礼的神父是意大利人还是英国人，以及说结婚誓词时要说'我愿意'还是'I DO'。

"这些对现在的她来说，都是充满蓬勃生命力的意义。"

许姜深呼吸几下，把脸埋进掌心，声音哽咽："对不起，周溪山，我不该向你发脾气。"

周溪山温柔地把许姜揽进怀里："没关系，你最近太累了，许姜。"

许姜趴在周溪山怀里，瓮声瓮气地说："才不是，你比我辛苦太多。"

许姜感觉周溪山把下颌放在了她头顶，紧接着他发出一声轻轻的喟叹："不辛苦。看见你开开心心的，我就不辛苦。"

许姜吸吸鼻子，僵硬着身子退出周溪山的怀抱："我好了。"

"好了就行。"周溪山神色未变，拍拍许姜的头，"那我们现在出发吧。"

"好。"

婚礼场地在青榆市郊的一座西式教堂。许姜他们到时，蒋煜约的负责人和策划都已经到了现场。

"麻烦一会儿看场地的时候帮我录下来。"许姜把手机递给负责人，说道，"要带回去给他们看。"

策划和负责人都知道赵时羽的病情，唏嘘这对苦命鸳鸯的同时，设计和布置场地时就更加细心。

"蒋先生给我们列了婚礼用品清单，现场所有的东西都是按照清单上布置的，你们放心。"策划带着许姜和周溪山往礼堂里面走，"婚礼当天这两边会有粉、紫两色的蔷薇花球，顺着外面的红毯一直延伸到礼堂门口。

"考虑到赵小姐的身体，我们设计的是要新娘站在宣誓台前，新郎从门口朝她走过去。"

"这也符合蒋先生的要求，所有的一切都要体现是他要奔她而来。"策划让周溪山在门口站定，带着许姜走到宣誓台前，说道，"等下听负责人的指令，我们来走一遍。"

负责人朝他们举起手机，比了个"OK"的手势。

礼堂里响起《婚礼进行曲》，周溪山在负责人的示意下朝许姜走过去。

红毯两边都是空位，礼堂里很空，显得这首曲子更为庄重。

周溪山嘴角噙着笑，不紧不慢地跟着曲调走，越是靠近，许姜越是能看清他眼底逐渐盛放的温柔。

在周溪山距离许姜还有三步远时，雪白羽毛从许姜头顶上方缓缓飘下。这样童话般的场景许姜却无暇顾及，因为自周溪山在门口站定，他的眼神就毫无避讳。

四目相对时，他一秒也没有移开。

周溪山一直看着她的眼睛。

许姜心如擂鼓，眼睁睁见周溪山一步步走到她面前，笑着拿下粘在她头发上的羽毛。

她瞳仁微缩，怔怔地看向周溪山："……真梦幻啊，好像在做梦一样。"

"是吗？"周溪山抬手把人揽进怀里，轻轻在许姜后背拍了两下。

"现在呢，许姜，"周溪山声音很低，像在与情人耳鬓厮磨，"还像做梦吗？"

周溪山的怀抱干净温热，还带着点清淡的薄荷味。许姜额头抵着周溪山胸口，轻轻嗅了下，眼里泛起一阵热意。

像做梦。

周喜三，像我美梦成真了。

从婚礼现场离开后，许姜借口有事跟周溪山告别。

因为她要回家找一件非常重要的东西——

周溪山出国之前，送给她的最后一份生日礼物。

许姜这次从家里搬出来十分匆忙，除了必备品之外大多数东西都留在了别墅。

既然她刚刚基本上确定了周溪山的心意，那么她也想鼓起勇气尝试一次。就算她在周溪山这里败走麦城，也没有关系。

许姜想，大不了她去京北躲一辈子，打不过就跑，没什么了不起。

像她劝赵时羽那样，如果真的给自己留下遗憾，才是最难受的。

许姜回家时，姜兰和许卫国都不在，屋里的陈设没什么变化，她的卧室也是干干净净，看不出很久没人住过。

许姜在卧室里翻了一圈，没找到她藏起来的礼物，倒是在她最喜欢的推理小说里翻到了一张字条。

书中自有颜如玉！

许姜微微挑眉，感叹起自己的聪明才智。

181

高中时许卫国和姜兰管得很严，许姜从不敢把与学习无关的东西带到家里来，更别说一个男生送的礼物。

于是，她才想了这样的办法。

许姜走进书房，在积灰的角落里拿出本厚重的《古汉语词典》，翻开十几页就找到了她的礼物。

被挖空的书页中间，放着一只蓝丝绒戒指盒。

果然，书中藏着许姜的"颜如玉"。

高中开学后，姜兰和许卫国就格外关注许姜的成绩。尽管许姜向来都表现很好，摸底考和月考都稳居年级前五，但他们还是表现出许姜理解不了的焦虑。

"高中理科的难度和初中完全不是同一量级。"

"女孩子现在成绩好没用，等高二、高三物理忽然拔高难度，基本都从前面跌下来。"

"行了，也不用对她要求太高，一个女生，你还能指望她有多高成就？考个差不多的大学就行，以后考编考公，再找个好对象——对象真的非常重要，找个好的，过得舒舒服服，能少奋斗好几十年呢！"

…………

姜兰和许卫国听了太多这样的话，肉眼可见地变得越发焦虑。

他们对许姜的期待不止于此。

他们没读多少书，他们的女儿一定要名列前茅，去最好的学校。

他们年轻时碌碌无为，他们的女儿一定要成为人中龙凤，成为社会精英。

至于别人劝告的"女孩应该如何"反倒是不能入姜兰和许卫国的耳。

手心朝上要钱，手心朝下施舍。一个动作的小小区别却是平等与尊严的折磨。他们想许姜能够成为不依赖别人，甚至能给予别人荫蔽的参天大树。

于是，在许姜高中前忙着生计从不关心她成绩的父母，开始盯着许姜的成绩单和课余生活。

要不是许姜的班主任多次打电话劝告姜兰，许姜真的没必要参加补习班，这对她来讲反而是反作用力，姜兰才不会在将信将疑中放弃给许姜补课的心思。

但随之而来的，是颇为严格、偏向军事化的作息管理。

所以，当许姜生日时，赵时羽策划的露营生日趴也不得不因姜兰的作息计划流产。

许姜习惯了向姜兰和许卫国妥协，温声劝赵时羽："没关系的，高中课程多，没必要浪费时间给我过生日。"

"怎么是浪费呢！"赵时羽杏眼一睁，说道，"你是我最最最好的朋友，给你过生日是天大的事！对我来说，这是比天还要大的事！"

"许姜，看看你的黑眼圈，都快染到嘴角了。"赵时羽望着青中洗手间的镜子感叹，"你是不是给自己太多压力了？年级前五都这么拼，要不要给我这样的普通学子留活路啊？"

许姜用清水抹了把脸，驱散了困意："还好吧，人外有人。"

"她说得没错。"许姜和赵时羽走出来时，正好遇到了周溪山和蒋煜。

周溪山继续说："看你这脸色，不知道的还以为你是高四复读生。"

蒋煜附和："而且是那种每天猛灌八杯咖啡，上课照样睡得贼香的人。"

许姜搓搓脸，说："习惯就好了……生日真的不过了，我没有时间。"

说完，她穿过周溪山和蒋煜之间的空隙，想提前回教室再做两道物理大题。

周溪山没拦许姜，而是跟随许姜的步子倒退着走。

"真的不想过生日？"周溪山问。

许姜嗯了声："哪有时间。"

周溪山眉尾轻扬道："我在问你想不想。

"许姜，说实话，不要骗我。"

少年的耳郭干净白皙，里面塞着只白色的蓝牙耳机，黑色短发微微遮住了一点耳朵，不仔细看是注意不到耳机的。他双手插在宽松的校裤裤兜里，懒洋洋地倒退着迈步，瞧着模样轻松惬意。

周溪山侧眸看她时，眼底的光清澈明亮，衬着外面的日光，最是让人心动。

许姜动动唇，终是败下阵来："……想。"

看着周溪山，她说不出谎。

周溪山笑道："只要你想就行，其他的全都交给我。"

许姜鬼使神差地点头答应，但是她没想到周溪山居然真的做到了。

许姜那个生日正好赶上学校运动会，青中的惯例一向是运动会办两天，之后放一天假给孩子们回家休息和调整。

那天运动会结束后许姜回家时，姜兰正在门口等她。

"你同学说要组织个为期一天一夜的学习训练营，就在周溪山家学习。周溪山的理科比你强，你去了多跟人家小周学习。"姜兰说，"小周来找过我，也给我看了你们的日程安排和参与人名单。都是挺熟的同学，成绩也都不错，你去吧。"

日程安排？

"生日过不过的没那么重要，以后有大把的时间过生日，学习的机会错过就没有了。"

许姜糊里糊涂地被姜兰塞了几百块钱和一部手机，姜兰把她送到楼下时，街对面的黑色汽车适时地鸣笛几声。

坐在后排的周溪山降下车窗："姜阿姨，这边。"

姜兰把许姜推进后座，对周溪山笑了笑："那我把许姜交给你了。"

周溪山笑得礼貌得体："您放心，我们互相监督好好学习，我肯定把许姜安安全全地送回来。"

姜兰的身形渐渐变小，在飞驰的街景里变成一个小小的黑点。

许姜问："你跟我妈说了什么才让她放我出来的？她的话说得云里雾里，我没听懂。"

周溪山从书包里翻出一张A4纸，上面印着"状元预科急速营"一排黑体字，下面是密密麻麻的日程安排和师资介绍。

"我跟阿姨说，我家里人请了青榆市最好的各科老师给我上一对一冲刺课，我一个人觉得孤单，就把关系好的朋友都叫上一起。"周溪山说，"包吃包住还包监督学习，再加上我无比真诚坦荡的目光，阿姨当场一口答应。"

许姜目瞪口呆道："所以不会真是什么集训营吧？"

"当然不是。"周溪山说，"不过在我家住确实是真的。"

许姜别过脸："……哦。"

小车缓缓停在一处半山别墅前。

司机把周溪山和许姜送到，又开车离开了。许姜瞧着前不着村后不着店的地儿，好奇地问周溪山："平时你住这儿不害怕吗？"

"这地段看着人烟稀少，但是监控特多，所以安全性很高，不用害怕。"周溪山语气很平淡，"而且平时我也不住这里，这是我爸专门休假住的。"

"蒋煜和赵时羽正在来的路上，会把生日趴的东西准备好。"周溪山带着许姜往里面走，"来的人不多，除了我们几个还有高中班里关系比较好的同学，你都很熟。不过他们不住这里，只有我们四个住在我家。"

周溪山带着许姜上了楼，指着挨着楼梯的房间："这是你的房间。我就住在你对面，有任何事找我就行。"

周溪山挑了下眉："不进去看看？"

许姜依言推开门。

房间里有股淡淡的柑橘味，新换的床铺和枕头都是浅蓝色的，浅米色的沙发前的茶几上插着两只生机勃勃的向日葵。

盛放着向日葵的玻璃花瓶旁放着个正方形的蓝丝绒盒。

"送给你的。"许姜听见周溪山说。

她踩着柔软的羊毛地毯，走到茶几边，打开盒子。

里面是一枚造型很特殊的银戒，看着很像是用哆啦A梦的下半身拼了个人类的头上去。

许姜仔细辨认着，忽然发现雕刻的小人头很眼熟。

……有点像周溪山。

"前阵子你忽然喜欢上看哆啦A梦的漫画，接着你的水杯、练习本、常用的水性笔都换成了哆啦A梦的。我问你为什么喜欢看哆啦A梦，你说它有很神奇的力量，可以帮助大雄想要的通通得到。"

周溪山倚在门口，目光专注地落在许姜身上，哪怕她骤然回头喜悦而惶恐地看着他时，周溪山的视线也一如既往地坦荡赤诚。

"许姜，从此往后你不需要羡慕大雄了。你没有哆啦A梦，但你有'哆啦A三'。"周溪山笑得极温柔，"你的'哆啦A三'提前十个小时祝你生日快乐。

"从今往后，你的心愿都交给我来实现。"

周溪山径直开车去了市中心的购物广场。

购物广场有五层，一至四层尽职尽责地履行着消费、饮食与娱乐的职能，五层则属于奢侈品和小众手工艺人的领地。

周溪山乘坐扶梯抵达商场顶层，拐进了一家名为"等"的店。

这家手工艺店面积不大，装修走的是极简风，与四周的高奢店相比寡淡许多。在寸土寸金的第五层也只勉强算得上是占有一寸土地，过路的人鲜有真的在店里停留超过一分钟的。

毕竟一家叫作"等"的店，却连一张供顾客休息的凳子都没有，怎么让人家等呢？

店主是个年轻男生，周溪山进门时，他正抱着一块木头，拿着放大镜，皱着眉，一点一点比对着图纸上头发丝般的细小花纹。

过了十分钟，他才烦躁地抓了两把头发，在图纸上圈出两处极微小的失误。

"完成了？"周溪山问。

许白焰"唔"了声，没好气地掀起薄薄的眼皮说道："什么时候来的？"

"刚来没多久。"周溪山一如既往地贴心，"看你在检查作品，没打扰你。"

"喊，一块废料，算不上作品。"许白焰晃晃脖子，颈椎处发出一声脆响，直白视线在周溪山脸上打转，"你来拿东西吗？"

眼前的男生比周溪山小了好几岁，倨傲地仰靠着椅背，对他这个付了昂贵手工费的客户没有一点尊敬。

和许白焰认识久了，周溪山自然了解他的恶劣脾气。艺术家们身上多少有点与众不同的性子，狂傲似乎都随着艺术造诣水平水涨船高，可以理解。

周溪山点点头道："不想等了。"

"原本打算在她结婚时送给她做结婚礼物，但现在有了更贪婪的念头。"周溪山笑笑，"想亲自给她戴上。"

不知道是哪个字触动了许白焰，他目光怔然地看向门口招牌上的字，几秒钟后才起身给周溪山拿东西。

难得没阴阳怪气。

"也只有你这种冤大头，从海外拍卖钻石，拿回来还敢交给我这么个没谱的给你雕刻。"许白焰努努嘴，"隔壁那些奢侈品店，你只要带着这钻石进去，不用你开口，直接超级贵宾服务一条龙。"

许白焰眯眼看他，说道："之前不肯说，现在我完工了你给我交个底，为这钻石你亏了几成身家进去？"

眼前的钻石和空运回来时不一样了，璀璨生辉，不再像个冷冰冰的棱镜般，似乎因为上面多了人像的雕印而多了许多人情味。

看得出许白焰很珍视这枚钻石戒指，没有损耗一分，那雕印仿佛长在钻石里面一样，浑然天成。

周溪山扬起嘴角，回道："七八成吧。"

"七八成——吧？！"许白焰愣了一瞬，紧接着几乎是在咆哮，"你有病啊？以后日子不过了？就为了这么个钻石？它再漂亮也只是块石头！除了能反光，和金刚石、石墨有区别吗！"

"你还让我在上面给你雕印什么哆啦A梦的身子加上你的头像，你真的去医院看过精神科了吗？"许白焰跌坐在椅子上，喃喃道，"这是唯一一件因为我的艺术加工而贬值的作品……

"周溪山，你不仅毁了一枚钻石，还毁了我的艺术！"

周溪山微笑道："我剩下的两成身家付了你的手工费。"

许白焰后退两步，警惕地抱紧自己："周溪山，你不会是因为公司要黄了现在来我这儿讹人吧？

"我跟你讲！不论怎么说手工费我是不会给你免的！这个昂贵的洋垃圾我熬了两个多月才完成，还推了不少客户的单子。"许白焰撇撇嘴，"你这钻石神神秘秘的，染上血迹还擦不掉，送钻石过来的人列了一长串清单，注意事项一大堆，尤其注明我可以割伤自己的手，但不能把血染在上面，不然全额赔付。

"最多……最多给你打个八折。"

周溪山笑得得体："那谢谢了。"

他珍而重之地把戒指盒收进西服口袋里的样子，像极了一只被爱情套牢的大金毛。

许白焰溜达着把人送到门口，忍不住说："为了个不一定能在一起的人倾尽所有，值得吗？"

周溪山静静地看了会儿许白焰，看得许白焰心里发虚时，才淡然开口："值得。"

周溪山挑了下眉尾："许白焰，这家店花了你几成身家？"

许白焰摆摆手道："滚滚滚，别碍着我做生意。"说完，扭头走回店里，颇有几分仓皇逃走的意味。

周溪山刚坐进车里，还没来得及发动，手机响了。

"许叔叔，"周溪山有点讶异，随之想到他是许姜的父亲，语气更加郑重礼貌，"您给我打电话是？"

许卫国问："想约你谈点事，现在方便吗？"

周溪山回道："可以，我们去公司谈？"

许卫国咳了声："私事，我在你家附近的咖啡店等你。"

许卫国找他聊私事？

周溪山心里飞快地过了一遍周景林和许卫国的事儿，左思右想没出什么岔子。

难道是许姜跟许叔叔说了什么？

一定是了，周溪山想，许叔叔既然知道他家在哪儿，肯定清楚许姜就住在他家对面。

也许是让自己多关照关照许姜，毕竟都认识这么久了，于公于私都有些关系。

又或许是许叔叔觉得他们两个看起来很合适，男未婚女未嫁，从小知根知底，现在想做个撮合他们的月老？

周溪山开着车，脑子里划过无数种可能，越发忐忑和期待。

总归不会是坏事，周溪山想。

周溪山停好车，从后备箱里拎出两盒茶叶，准备一会儿送给许卫国。

上次在许姜家里时，她家有很多未开封的茶叶和茶饼，周溪山喝了许姜泡的金骏眉，说是味道上乘，许卫国肯定是个爱茶之人。

投其所好，不会出错。

周溪山拎着茶叶走进咖啡店，眼神随意一扫就看见了许卫国。

他坐得笔直，穿着很普通的深色 polo 衫和西装裤，头发是三七开，鬓边已经有了许多花白的痕迹。

许卫国也看见了周溪山，向他招手示意。

周溪山步子迈得快而稳，茶叶比人先上了桌："叔叔，这是朋友送我的茶，我借花献佛带给您尝尝。"

许卫国没搭腔，而是淡淡地看了周溪山一眼："既然你叫我一声叔叔，我也不叫你周总了。

"我今天坐在这儿，只有一个身份，就是许姜的父亲。"

许卫国把茶叶放在地上，让他和周溪山之间再无遮挡："我来只为了一件事。"

看着许卫国的神情，周溪山心中不知为何忽然涌上些许不安，却仍然笑着点头："您说。"

许卫国抿了口水，声音沉而重："周溪山，我要你跟我保证，离许姜远远的。"

霎时，周溪山觉得自己仿佛站在一片冰冷的荒原上。

四周是呼啸的、带着冰碴的冷风，那风像开了刃的冷兵器，肆无忌惮地割在他身上。寂寥无人之地，唯有像从地狱里传来的低沉喊声彻夜咆哮。

离开她。

"为什么？"周溪山声音干涩。

"周氏集团现在究竟什么状态，你心里有数。"许卫国眉心紧皱成川字，"大厦一倾，必无完卵。我不想让女儿往火坑里跳。

"我年轻时确实受过你父母的恩惠，但这么多年我不离不弃地跟着你们家做生意，鞍前马后也算是把这份恩情还清了。溪山，你不能要我用女儿去报恩。"

许卫国目光微变，眸色里混杂着怜悯和倨傲："你一心扑在公司上，可能很少关心你父亲的事。期货行情不好，周景林现在应该不好受。"

"而且，我听说他最近在青榆的地下赌场里又押了不少。"许卫国轻咳一声，"当然，我只是听说。"

"咱们两家的关系我也不说别的了，叔叔跟你直接说。"许卫国铺垫够了，终于撕开虚伪的假面，"你说你家这样的情况，我怎么放心把女儿交给你？

"许姜一直很听话，从小到大都是。但自从与你重逢，她越

192

发叛逆，不懂事。她的心思我和她妈妈都清楚，所以我想从你这儿直接取了根。"

"大家都是体面人。"许卫国虚伪地勾起嘴角，干笑两声，"像你这样的青年才俊，身边要什么样的姑娘没有啊，根本看不上我们许姜，是不是，溪山？"

周溪山眼前阵阵发黑，身体里的每一个细胞都在鼓噪、号叫。他听见自己的声音，却不知道自己说了些什么。

许卫国的话像一柄利刃，狠狠地划开了周溪山给自己粉饰的假面。

周溪山这个人，没有事业、没有家庭、没有未来，似乎只有说不清数额的父亲的赌债，以及不知什么时候破产清算的公司。

他和许姜之间的问题，像横亘在愚公家门前的大山。

要祖祖辈辈无穷尽矣。

周溪山脑子昏昏沉沉的，向后靠时，西服内袋里的戒指盒子硌得他胸口生疼。

他想做许姜的"哆啦 A 三"，简直是在白日做梦。

周溪山，你一无所有，两手空空，带给许姜的除了厄运和难堪，什么都没有。

离开咖啡店时，许卫国叫住他："茶叶你拿走吧，给你父亲喝。"

"许叔叔您留着。"周溪山没回头，脊梁仍是挺直的，声音却凉得仿佛在寒冬腊月。

"我们家的人，配不上。"

BU JI YI SHAN

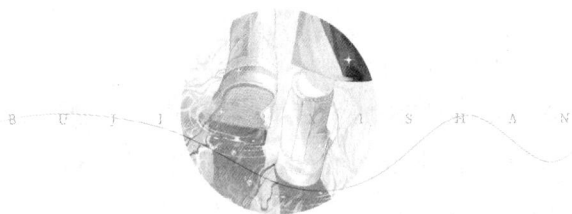

第十章
周景林敬上

周溪山开车到周景林家时，正好碰上周景林在关门，准备离开。

周景林右手拉着行李箱，左肩背着一个灰色的布包，神情谨慎，面容惶惶。见到周溪山来，周景林脸上挤出点尴尬的笑容，开口打招呼："小山回来啦……我报了个旅游团，正想出去玩呢。"

"……巧了嘛，这不是。"

周溪山盯着那张与自己有几分相似的面容看，无论如何也找不到周景林为周氏集团开疆拓土时，意气风发的影子。

眼前的男人微微佝偻着身子，疲态尽显，眉宇间尽是畏缩与躲闪，丝毫看不出曾是个上市公司的最高决策者。

周溪山淡淡开口："进去说。"

说完，他没管周景林，推门走了进去。周景林在门外走也不是，进也不是，他警惕地四处看了看，跺跺脚，咬紧牙关跟着进了家门。

屋子里一片狼藉，抽屉和柜子都被人翻找过。周景林手足无措，不知该怎么解释这些东西，却发现周溪山仿佛没见到这些杂乱一样，迂回越过，找到了一把干净的椅子坐下。

周景林脸上堆着笑，跟过去问："小山今天怎么有空回来了？家里有些乱，我还没来得及收拾。"

"期货赔了还是那边的人把利息翻了几倍？"周溪山脸上没什么表情，食指指节敲着实木桌面，"咚咚"的，仿佛敲在了周景林的心上。

周景林不知周溪山这副样子是不是生气了，但浸淫商场多年培养出他对危险敏锐的嗅觉，他朝后退了一步，谨慎地措辞："期货赔了点，但不多。大头都是放贷那边的利息钱。"

周溪山问："本金加利息一共要多少？"

周景林回道："……期货那边小几十万足够了，赌场那边加起来要五千万。"

周溪山的耳朵轻轻动了动，又抬头看他。

周景林了解周溪山，他的儿子从小被李曦教得很好，无论什么时候都不会大喊大叫地发脾气，除了李曦去世时。

现在那双跟亡妻相似的眉眼平静地看着他，却让周景林不寒而栗。

他看见有什么东西在周溪山的眼中摇摇欲坠。

周景林连忙开口："小山，我这也都是为了公司，为了我们父子俩的将来啊！"

"虽然我现在不在公司里，但那些风言风语我都听得到。"周景林眼底涌上点真情实感的眼泪，"周氏集团是我一辈子的心血，我不能眼看着它陷入火坑里！"

又是这句话。

196

陷入火坑里。

是不是什么事情和他周溪山沾上边，就都难逃陷入火坑的下场？

周溪山静静地看着周景林。

"我只问你两个问题。"周溪山浓黑的眼珠宛若玻璃般，洞悉折射着一切丑恶，"说实话，你才有救。

"高一那年，为什么一定要送我出国？

"我妈出车祸时，你为什么不来？"

许卫国三言两语解决了周溪山，心情不错，回家开门时甚至哼了两句歌。

到底是涉世不深的毛头小子，再怎么掌握权柄还不是绕不清楚社会上的人际关系。

"你在这儿站着干什么！吓我一跳！"许卫国进门时，见许姜直愣愣地站在客厅，刚想呵斥，思及周溪山的事到底觉得心中有愧，声音也降了八度，"回来都不知道说一声，你妈出去买菜了，想吃什么给她打电话。"

"你也别想吃什么了，挺大个姑娘就爱吃垃圾食品。"许卫国扫了眼许姜，"我让你妈多买点蔬菜、水果，尤其胡萝卜，你不爱吃也得多吃。"

许卫国说完就朝书房走，路过许姜身边时，听见一向乖巧顺从的女儿忽然笑了一声。

那笑声很轻，很讽刺，带着倨傲与蔑视。

许卫国瞪她："你笑什么！"

"我笑什么。"许姜默默地念了一遍，骤然回头与许卫国对视，眼尾通红，"我笑自己活了二十几年，从来没得到过你们的肯定！"

许卫国皱眉，轻斥道："大白天说什么胡话！不愿意好好在家待着，那你就给我滚出去！"

"许卫国，我不过就是你家里一件听话的、拿得出手的摆件罢了。"许姜眼泪滚滚落下，"我的生日可以提前过、延后过，具体是哪天要看你们的时间，收什么样的礼物取决于你们路过哪间超市。在学校里我已经很拼命学习了，你们却还觉得我在浪费时间，贪图安逸。"

"我体谅你们打工辛苦，后来创业艰难，你们有没有一丁点考虑我的感受。"许姜说，"爸爸，你知道我最喜欢吃什么、最喜欢什么颜色、最喜欢看的书、我的偶像是谁吗？

"你不清楚。"

许姜强制自己冷静，抹了把脸，声音仍是哽咽："但我知道你和妈妈喜欢吃青榆长青街上的豆花和烧饼，你不吃蒜薹，妈妈不吃韭菜，你喜欢穿深蓝色，妈妈喜欢水青色……

"我不是归属权属于你们，随你们心意处置的一件活物。

"爸爸，我是个活生生的人。"

许卫国眼神复杂地看了眼眼眶通红的许姜，没说话。

"十五岁时，你扔掉了赵时羽送我的玩具熊，你说那是玩物丧志，却没想过那是我最好朋友送给我的，我们成为好朋友一周年的礼物。

"十六岁时，因为我随口说了电视上那条裙子好看，你斥责我臭美，学习比什么都重要，从此以后我再没穿过裙子。

"上高中时，你和妈妈不听老师的劝告，强制性地执行军事化作息，我每天凌晨一点睡，早上五点起床，再困的时候我在班里都没有打过瞌睡。"许姜说，"因为你们额外给我准备的习题，我根本做不完。"

她轻轻闭上眼道："做不完后，回家就是一顿责备和更多的作业。

"爸爸，那段时光像是我的一场噩梦。"

许卫国被许姜突如其来的爆发冲了个头重脚轻，他咳嗽了两声，硬邦邦地回了句："我看你那时候挺适应的，也没跟我们说不行。"

"你知道为什么。"许姜把一个泛黄的本子扔在他面前，"爸爸，你不是看过我的日记吗？"

"在所有的周溪山和周喜三上，你都用红笔画上了圈。"许姜凄惨笑道，"我当时以为日记本丢了，却没想到被你锁在抽屉里。"

"我当时是看了你的日记，又能怎么样！我管你吃管你穿，又管你上学，看看你的日记怎么了！"许卫国强撑着面子，"再说了，你那时候心思不在学业上，我不和你妈管得严点，你能有今天吗！"

"管我吃，管我穿。"许姜跟着念了一遍，猛然抬手把一沓纸扔到空中——

"许卫国！周氏集团当初也管我们吃，管我们穿，养活了我们一家人，也养活了你小厂子里的员工！

"周景林帮你创业，李曦救了我的命！"许姜眼里的泪忽地

199

又涌出来，哽咽着几乎说不出成型的句子，"……周溪山，是我喜欢了七年的人。

"你明明知道，你明明什么都知道。"

屋子里静默了一瞬。许卫国走到茶几边喝了口水，独留许姜一个人站在原地落泪。

他看着女儿脆弱地颤抖着，仍然别过头固执地想。

没做错。

我一点错也没有。

许姜的眼泪克制不住地往下掉："现在周家有难，你不雪中送炭就罢了，反而恩将仇报，雪上加霜。"

"你把手里的股份，还有其他零散小股东的股份一起打包卖给了京北。怎么样许老板，是赚了大钱吗？"许姜冲到许卫国面前，歇斯底里道，"前阵子周溪山还跟我说，股东大会有许叔叔这样的老将在，一定没问题。"

许姜提高嗓门，声音沙哑而尖厉："许卫国，你不怕晚上睡不着吗？

"午夜梦回时，不怕李曦阿姨来问你的罪吗？"

许卫国扬起手，抽了许姜一耳光。

"这是市场！这就是游戏规则！周氏集团倒了我们家的生意就不做了吗？我尽心尽力地做了这么多年，凡是他周景林给我的单子，我笔笔把关，都是成本价，赚他一分钱了？

"我也有上千的员工等着吃饭，等着我开工资，现在有人高价收我手中的股份，我为什么不可以卖？

"你是我的女儿，为什么胳膊肘往外拐？就因为你喜欢周溪

200

山吗？"许卫国气得太阳穴发涨，"你的喜欢对人家来说又值几个钱？"

许是觉得自己说话过于冷硬，刚刚又打了许姜耳光，许卫国喘了几口粗气，强压着脾气，说："姜姜，我们才是一家人，你从小到大都那么听话，怎么一挨着周溪山的边儿，你就变了个人似的？

"爸爸妈妈也是为了你好，我们多赚点钱，给你更好的生活，这些东西以后还不都是你的？"

许卫国见许姜垂着眼不说话，以为她听进去了，状似不经意地掏出手机，叹了口气："我说的你都不信，那你听听小周是怎么说的吧。"

许卫国的手机用了很多年，外放效果不是很好，但胜在声音大，清清楚楚地能占满整个房间。

"像你这样的青年才俊，身边要什么样的姑娘没有啊，根本看不上我们许姜，是不是，溪山？"

许姜听见了许卫国的声音。

许姜心中还秉着一点希望和破碎的祈祷。

求求你，不要回答，周溪山。

我求求你。

手机放在桌面上，经历了一段漫长而死寂的沉默，久到许姜几尽窒息时，她听见了周溪山略带沙哑的声音。

"是啊，叔叔。"他说。

风呼呼地吹着。

周溪山站在李曦墓前，盯着黑白相片上的女人久久未动。

"妈，我又来了。

"本来想再来看您时，把您儿媳妇给您带来，现在情况有变，可能她来不了了。"

周溪山喉咙干哑，他咳了几声，缓缓闭上眼，耳边还是周景林的声音。

"你高一时急着送你出国，是因为那时候我做生意惹上了不该惹的人。我本本分分做生意，他们却故意找茬。强龙压不过地头蛇，为了你的安全，我和你妈商量很久，才决定把你送出去。

"……也是通过你想用自己攒的钱设立奖学金这件事，爸知道你喜欢那个女孩子，但是当时的情况，确实没有时间再往后延。

"至于你妈妈的死，确实是个意外。那时候公司正和京北那些有背景的人对赌，我确实分身乏术，才错过了见你妈妈最后一面。"

李曦死后这么多年，周景林头一次跟儿子说了这么多话："爸不是故意去赌的，我真的已经把赌瘾戒掉了，公司这个样子我是真的着急，才慌不择路……"

他是怎么回答的？

周溪山有点想不起来刚才的场景，明明才过去两个小时，很多东西却都模糊掉了。

他好像是说——

"爸，刚才有人说，我们家是火坑。"

周溪山声音很轻："因为有你在，他不会把女儿嫁给我，永远不会。"

想到这儿，周溪山睁开眼，蝶翼般的睫毛翕动，眼里一片灰暗。

"妈，我说完那句话，周景林狠狠地晃了一下身子，人像被抽干了似的，瞬间就老了。

"像秋天里一片枯黄的，随时准备化作尘埃的叶子。

"当时我满脑子都是怨恨的想法，恨不得让他万般痛苦。"周溪山垂头，"但现在想来，除了这些赌债，他又真的有什么错吗？

"我心里有很多怨气和不甘，有很多痛苦，却不知道该怪谁。周景林、许叔叔、许姜，他们都没有错。"

周溪山眼中落下一滴泪，滴在墓碑前的空地，洇出深色的圆圈。

"妈妈，错的是我。"

是我硬生生闯进一场虚无美梦，在贫瘠的人生里偏偏想争一场梦想成真。

是我抱着不切实际的幻想，以为光落在我身上，我就真的拥有了光。

是我这个痴人，说了许多言不由衷的谎。

"嘀嘀！"

手机铃声突兀地响起，周溪山从衣兜里掏出手机，是个陌生号码打来的电话，他挂掉一次，对方又继续拨打，颇有不罢休的意思。

他接通电话，那头的声音急迫而嘈杂。

"您好，这里是青榆市公立医院，周景林先生被人捅了一刀，病人情况十分危险，请问您是他的儿子吗？"

周溪山赶到医院时，急救室的灯已经亮起很久。

"护士，我是周景林的儿子！"周溪山跑过去，拉住正和警察交谈的护士，"他情况怎么样？"

"不乐观，请您做好思想准备。"

警察看了眼面前这个失魂落魄的男人，问："你是周溪山？"

周溪山道："是。"

警察说道："一个小时前我们接到报警电话，青榆码头有聚众伤人的情况，周围的监控录像已经被我们调取，在这边签个字，有消息我会再通知你。"

警察走后，周溪山又在急救室门口等了三个小时，急救室的灯才灭了。

周溪山面色疲倦而灰沉，眼看着医生摘下口罩一步步朝他走来，他只期盼着不要听到那句话。

"对不起，我们尽力了。"

周溪山愣了两秒，喉咙里发出一声痛苦的呜咽，随即抓住医生的衣袖，双眼空洞茫然，无力地乞求着："他身体一向很好的，你们再试试。"

医生看了他一眼："伤者身体素质并不好，有冠心病和慢性疾病史，血压偏高，送来得并不及时，耽误了最佳抢救时间。

"周先生，节哀顺变。"

周溪山眼圈猩红，缓缓松开了医生的手。

周景林的身体什么时候变得这样差。

每次打电话时，他不都在说，身体很好，不要挂念吗？

医生转身准备离开，周溪山倏地抓住了他的手腕，"扑通"一声跪在医生面前。

　　"我求求你，救救我爸。"

　　医生见多了如他这般痛苦的家属，多数人都是亲人尚在时不以为然，等到阴阳相隔时才后悔当初的所作所为，于是把这些感情投诸于医生的圣手，期盼着奇迹的出现。

　　于是医生例行公事地安慰："去见你父亲最后一面吧。"

　　急救室灰暗的灯牌下，门敞开着，不一会儿有护士推着移动床走出来。

　　"你父亲手里一直攥着什么东西，我们拿不出来。"护士说，"怕扯碎了，可能是很重要的东西。"

　　周溪山掀开白布，看着周景林苍白的脸。

　　他印象中的父亲不是这样的。

　　父亲曾是巍峨的山，也曾是宽阔的海。

　　是风头无两的成功商人，也是被困在四方房子里，等待儿子原谅的普通男人。

　　无论是谁，都不是一个认输低头，如今躺在这里，被人轻易掌握生命，宣告死亡的人。

　　周溪山抚上周景林逐渐丧失温度的手，在护士们震惊的眼神中，稍一用力就抽出了他手中握着的东西。

　　是个被揉皱了的牛皮信封。

　　周溪山颤抖着手打开信封，红格白底的信纸上，是周景林遒劲有力的钢笔字：

我的小山，你好。

当你看见这封信的时候，我可能已经离开这个世界了。我如今这样走了也好，对你不是负担，对你妈妈也有了交代。

我知道你心中对我有怨恨，怨我送你出国，怨我没能去见你妈妈最后一面。这么多年，我亦在心中时时刻刻反思自己的过去。

当时的情况确实不乐观，送你出国也是我和你妈妈商量之后的下下策。我们父子之间沟通少，是我的问题。我总觉得父子之间没有必要解释，我是你父亲，自然全心全意为你着想，不会害你。我与你爷爷之间是这样，我们之间我觉得也理应如此，却没想到时代变了。

如今看来，那些沉默却成了我们之间填不满的嫌隙。

这世界上没有两片完全相同的叶子，自然也不存在可以复制粘贴的父子关系，遑论那相处方法本就是错的。

小山，爸爸在这里请你原谅。爸爸活到五十多岁，都没能学会当一名合格的父亲。当我想清楚很多事时，却发现没有挽回的机会了。如果来生有一门教人如何当父亲的课程，我一定第一个报名，那时我一定会是最好的父亲。那时，我希望你还能给我做你父亲的机会。

这么多年，我无时无刻不在想念你的母亲。无数次午夜梦回时，我在梦中惊醒，摸到身边冰凉的床铺，都心有戚戚，再无睡意，于黑暗中望着月亮，等待天明。

你母亲的去世是我这辈子最大的遗憾。上次你回家时说我记错了她的忌日，我讪讪的，没说话。如果你现在在家里，可以在我床头柜的第二个抽屉里翻到一张会诊单。

我不是想你可怜我，只是想跟你说，儿子，我病了。我比世界上任何一个人都不想忘记你妈妈，可我现在病了，逐渐开始记不清很多事。

我之前一直不想告诉你，不想给你再添麻烦，也不想让你觉得我不仅讨厌，还不中用。

我怨恨自己的无能，别人的父亲都努力工作给孩子攒下一笔财富，而我只给我的儿子留下大笔债务。我还在失意时染上赌瘾，如今又稀里糊涂欠下这么多钱，怎么说都不值得你原谅。

人人都说孩子是风筝，线握在父母手中。等他们长大时，线自然会断掉，风筝便会拥抱自由与风。而我却紧紧扯着你的线，裹挟着你的自由与生命。

小山，对不起。

今天你回家时，我确实是想逃跑的。欠了那么多钱，不知什么时候能还上。当初签合同的时候我写好了，不叫他们联系你，任何事都只与我这个第一责任人有关。我稚拙地认为，我一走了之，就是世界上最好的办法。

走了之后我会慢慢忘记你，你也不会愿意记得我这样的父亲。

但你没有责备我，而是说起那个叫许姜的女孩。我知你喜欢她多年，你用名下所有资产跟我换的如愿奖学金，你在家里熬夜看她喜欢你却不感兴趣的漫画看到睡着……许许多多事，我都看在眼里。

你妈妈是我难眠夜晚的月亮，那个女孩理应是你心中高悬不坠的月亮。可因为我，我的儿子将永失所爱，这让我非常难过。

我不仅不能为自己的儿子遮风挡雨，甚至还成为他生活乃至生命中的污点、绊脚石。

我不能接受这样的自己。

小山，爸爸今天要当一名勇敢的父亲，挡在你前面，解决你所有的后患。我会去青榆码头，让他们收了我的命，来偿还那些债务。

细细想来这不仅结束了我的痛苦，让我能早点见到曦曦，我也能在我还能记得我优秀的儿子时离开这个世界，还是我赚到了。

小山，从此以后你在这世间清清白白，无畏指摘。

小山，爸爸走了。

去爱她吧。

愿你前途坦荡，岁岁安康。

父景林

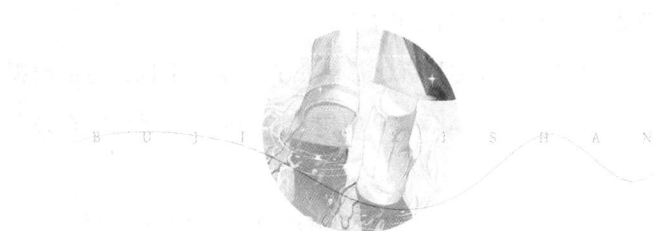

第十一章
他为你而来

许姜再次回到租的房子是在三天后。

　　那天许卫国和许姜摊牌之后就没收了她的手机，还把她锁在家里。姜兰回来知道后和许卫国大吵一架，还是没能把许姜放出来。

　　后来，还是许姜绝食，安恒里她的顶头上司给她打电话，许卫国才同意放许姜走。

　　"别以为虚长几岁就翅膀硬了，还想跟我叫板！"

　　"砰"的一声，大门关上，许姜被关在门外，手里除了手机、那枚银戒还有日记本，什么都没拿。

　　离开家后，许姜先去安恒资本办了离职手续。

　　她的上司王总皱着眉头接过那份调研报告："许姜，你的工作只差最后一部分评估建议就完成了，为什么现在离职？"

　　王总打量着许姜苍白的脸色，说："你是生病了吗？如果身体不舒服，我可以放你两天假，调理好身体，顺便好好考虑离职的事情。

　　"许姜，这涉及你以后背调时的工作信誉，我希望你好好想清楚。"

许姜勉强地道了谢，回到了租住的小区。

出电梯时，许姜看见租房中介正在开 1401 的门。

中介主动打招呼："许小姐，这房子住着还不错吧？"

"嗯，还行。"许姜含糊地答了句，"你来这里是……"

"嗨，1401 的帅哥说他明天要退租，房东不在本地，托我过来帮他验收房子。"中介笑笑，"帅哥很多大件家具都不要了，今天让我先过来处置一批。他特着急，像躲什么人似的。

"许小姐，我看这实木茶几不错，要不给您搬过去？"

许姜仓促地摇摇头，像对面的门烫眼睛似的，迅速别开眼，进了家门。

像在躲什么人似的。

还有谁呢？

除了她许姜，周溪山还有要躲的人吗？

许姜靠着门，眼泪大颗大颗地落下来。

世界上没有比这更荒唐的事了。许卫国变相出卖了周溪山，而她横亘在许卫国和周溪山之间，被两种情绪痛苦地拉扯。

或许现在已经没有两方拉扯，周溪山这边已经率先松了手。

门外有窸窸窣窣的响声，还有家具在地上刮擦的声音。

似乎是迫不及待。

许姜忍住眼泪，拨通了周溪山的电话。

只响了一声，那边就接通了。

"喂。"

许姜一听到周溪山的声音，鼻尖就酸了。

"喂,周喜三。"许姜急切地喊完他的名字,转瞬沉默下来。

她不知道该说什么了。

说对不起,她父亲并不是他信任的合作伙伴,她父亲在他要开股东大会前伙同别人卖了股份。

还是破罐子破摔地问他,为什么突然搬走?

问他为什么跟许卫国说看不上她?

许姜最终什么都没说,只是听着电话那头同样沉默的呼吸,潸潸地落泪。

她是背叛者的女儿,是让天神少年堕落尘埃里的幕后黑手之一。

许姜知道,他们之间再无可能了。

"吃饭了吗?"周溪山哑着嗓子问。

若不是周溪山说,许姜都忘了自己一天没吃饭。

墙上挂钟的时针指向数字"5",许姜揉揉脸,闷闷地回答:"吃了。"

周溪山问:"吃的什么?"

许姜回道:"烧烤,变态辣的鸡翅。"

她吸吸鼻子道:"没听出来吗,都辣哭了。"

周溪山沉默半晌:"你胃不好,少吃辣。

"我这边还有事,先挂了。"

许姜急急地拦下:"你搬走了,我们一起囤的零食怎么办?"

"草莓味的蒟蒻果冻、芝士蛋卷、麻辣牛肉粒、青柠味的薯片,还有我们一起买的好多种口味的酸奶。"许姜话音里不知不觉带上哭腔,"周溪山,我吃不完。我一个人吃不完。"

周溪山听见她的哭声，停顿了好几秒，才说："慢慢吃吧，许姜。"

"过期就扔掉，不要心疼。"周溪山说，"什么东西都是有期限的，期限到了就扔下，不然会给你自己造成伤害。要对自己好，许姜。"

周溪山挂断电话。

许姜把手机调成静音模式，去厨房的橱柜里把他们积攒的零食全都拿出来，拖到茶几旁的空地上。

她撕开薯片的包装袋，抓起一把就往嘴里送，不管是整片的还是碎屑，都被她塞进嘴里。嘴里的薯片还没咽下，许姜又拆开一大包牛肉粒，囫囵地塞进嘴里。

许姜面无表情地大口咀嚼吞咽，失神地望着落地窗外的夕阳逐渐坠落，眼泪又不争气地落下来。

可能今天哭了太多次，许姜在逐渐变暗的屋子里越发看不清晰。

屋内与屋外一样昏暗。

一样失去了光线。

"我可以的……可以吃完的。"

她小声啜泣着。

"不会过期，我们才不会过期。"

许姜痛苦地咽下两块饼干，一阵反胃感忽地涌上喉咙。她冲进洗手间，吐了个天昏地暗。

她想，周溪山，原本我以为在你身边可以全身而退。但没想过在你口中这段过期的关系中，真正褪色的只有我一人。

只是我在你这里过了期。

许姜把脸埋进水盆里，在几乎窒息时才猛地抬起头。

太阳永远闪耀。

而她这个过期的月球，在周溪山的运行轨迹里褪色变焦，失去意义，失去光线，失去了发光的权利。

许姜又把脸埋进水中。

是她忘了，离开周溪山，她本就不会发光。

十四楼昏暗的走廊里，周溪山站了很久。

这栋楼的隔音并不好，他即便站在门外，也能听见许姜压抑的哭声。

他抬手，又放下。

有好几次指节几乎要碰到1402的门，都被周溪山硬生生地扭转方向，拐了个弯。

他把买的热粥轻轻放在门口的地垫上。

"长痛不如短痛，许姜。"

周溪山扭头走回1401，关上门时，他没有开灯。

和刚回到这座城市时一样，新租的房子空荡黑暗，他走进来，像不知前路的流萤闯入迷途深渊。

只不过曾经是心有戚戚的义无反顾，如今却是麻木不堪般地任人宰割。

周溪山滑坐在地上，靠着门板，把头埋进膝盖间。

他头一遭觉得，黑暗居然如此刺骨和让人窒息。

这几日周溪山过得浑浑噩噩，回老家给周景林办了简单的丧事，按照他的遗愿，将他和李曦葬在一起。

从老家回来后，他就去了公司，李斯说公司的股权结构有了较大的变化，所有的小股东似乎都另寻出路了。

在这个节骨眼上出了这样的事，再加上前段时间许卫国忽然来找他，周溪山自然清楚其中的弯弯绕绕。

他身上还穿着奔波劳碌时的黑衣，理应换下来。

他晃晃悠悠地站起身，脱下身上的黑衣。

换衣服时，他摸到了口袋里的戒指盒子，顿时一阵眩晕。周溪山靠着衣柜缓了一会儿，换完衣服时已经过去了十分钟。他身上一阵阵发冷，从床头柜里拿出体温计，测了体温，居然已经烧到三十九度。

可他一点感觉都没有。

周溪山从药箱里翻出几种感冒药，没仔细看，抠了几颗扔进嘴里，用矿泉水含混地冲服下。

他躺在床上，看着放在床头的戒指，眼睛忽然有点发酸。

这辈子，他没机会和许姜在一起了。

横亘在他们之间的，是他们反转人生般悬殊的家境，是许姜父母的反对，还有——

他父亲的命。

这些事桩桩件件都像一根根不为人知的小刺，在周溪山走向许姜的路上铺得满满当当，等他反应过来时，新伤叠着旧伤，疼痛伴着鲜血，让他不能视而不见。

药效发作很快，似乎因为他空荡荡的胃里只有水和药片，消化得格外迅速，也格外令人不舒服。周溪山捂着不适的胃部蜷缩在被褥里，望着窗外刚刚明朗起来的月光。

月光在模糊视线里氤氲开，明晰又模糊，模糊复明晰。

承认吧，周溪山。

许姜是你全部的生命力。

现在的你，真像一条流浪狗。

许姜在家里休整了两天，最后还是去安恒资本离职。

"你想清楚了？"王总皱眉道，"这对你以后的职业生涯会有信誉风险。

"我不是在威胁你。你的报告做得很好，只差一个评估总结模块就可以完美收尾，为什么不做完？"

"王总，我现在的状态确实没办法公允地给周氏集团的项目做出评价。"许姜面色平静道，"由我草率做出的评估结论，会影响您的判断，影响最后周氏集团能否获得投资，这对周氏集团和安恒都是不公平的。"

"所有的相关资料都在这个 U 盘里，您可以找其他人完成收尾工作，没问题的。"许姜说，"比如，姚思安就行。"

王总意味深长地看她一眼，大笔一挥签了她的离职报告。

许姜回到工位收拾东西，许久不和她联系的姚思安忽然给她打了电话。

许姜还没来得及接听，那边就骤然挂断。

紧接着，是一条简短的短信。

【来天台。】

姚思安放下手机，望向站在天台栏杆附近的钱美琳，眉心微蹙，秀丽的眉毛弯成无奈的弧线。

"我说过不要来公司找我了。"自从怀孕后，姚思安变得容易疲乏，现在只是站了一会儿就觉得累，只能半靠着墙，语气疲惫，"美琳，你还没闹够吗？"

钱美琳一改之前撒泼打滚的泼妇形象，穿着白色连衣裙，妆容素淡，目光恳切："思安，我们本来是最好的朋友，因为一个男人，真的要闹成这样吗？"

姚思安撑着太阳穴："你现在是在给我扣帽子？

"一直在闹的人，不是你吗？"

钱美琳对姚思安的问题避而不答，怔怔地望天，好一会儿才开口："我们小学时就在一起跳皮筋，初中在一个班，高中也在一起，算起来我们做了十年的朋友。

"思安，你真的相信方知行的鬼话，而不相信我？"

钱美琳突如其来的缓和态度让姚思安难以适应，对这副示弱姿态姚思安见怪不怪，是上学时钱美琳惯常用的。但牵扯上方知行的事，她还从来没有低过头。

"思安，我从来没有骗过你。"

钱美琳朝姚思安的方向走了一步，天台风大，吹动钱美琳的短发与裙摆，也吹得姚思安内心泛起轻微褶皱。

"我和方知行从小就认识，那时候他家还不像现在这样富有阔绰，只是个普通做生意的。他也不像现在这样……势利。"钱美琳嘴角泛起极浅的弧度，"在别人眼里，我们应该是像蒋煜和赵时羽那样的青梅竹马。"

"后来他出国，随之我家的工厂出了问题。我爸妈病急乱投医，要我把他绑住尽早结婚，不然公司根本撑不下去。"钱美琳陷在无尽的回忆里，眼神茫然，"订婚这件事在他出国前我们两家就商量好了，根本不存在他说的'从来没见过''是家长口中包办的封建婚姻'……"

钱美琳盯着姚思安无名指上的戒指，似笑又哭："思安，方知行也说过要娶我。"

纵使再硬的心肠，姚思安终是看不得多年的朋友泪流满面，如今听钱美琳这样说，她疲倦的大脑也分不清在这段关系中，自己究竟是个怎样的角色。

"美琳，放下吧。"姚思安说。

"放下。"钱美琳喃喃，走向姚思安，"思安，今天我过来，就是要你看清方知行这个'渣男'的真面目。"

姚思安皱眉问："你说什么？"

天台的门被人推开一道缝，姚思安转过头，视线堪堪与许姜对上，下一秒脖颈就倏地被人卡住，那人死死地拖着她朝天台边走。

钱美琳的力气比她想象的还要大。姚思安如今本就疲乏，又顾及着怀孕，根本不敢用力挣扎。

许姜喊道："钱美琳！你干什么！"

钱美琳逼着姚思安走到天台最外沿，靠着栏杆，两个人像河边最不起眼的两叶浮萍，摇摇欲坠。

钱美琳望向许姜，在姚思安耳边轻言细语："还知道求救，你还真聪明。"

姚思安神色痛苦道："美琳，咳咳，你别走错了路……"

"路吗？我现在已经无路可走了。"钱美琳眼眶猩红，对许姜喊，"叫方知行过来！"

许姜强自冷静道："……我没有他的联系方式。"

钱美琳道："我不管！你现在叫他过来！不然我就带着姚思安一起跳下去！"

"好，你冷静，把姚思安的手机给我。"许姜尝试向前迈了一步，去接姚思安的手机。

姚思安看懂许姜的暗示，尝试着在递手机时抓住许姜的手。忽地，钱美琳的手覆在她的小腹上，微微用力，是无声的警告。

这股危险气息冲得姚思安头皮发麻，一动不动。

"别耍花招。"钱美琳呵了声，"许姜，上学的时候姚思安那样羞辱你，你现在居然还想救她？"

许姜回道："这是两回事。"

钱美琳嗤笑道："真能装。"

许姜怕说太多话激怒钱美琳，于是接下来的时间里，任凭钱美琳怎样辱骂挑衅，她都没再说什么。

方知行来得很快。

他来时，楼下已经聚集了很多人，有路过看热闹的行人，也有安恒资本的员工，甚至还有起哄的人，喊着钱美琳赶紧跳下来，别浪费别人的时间。

"美琳，你非要把事情搞成现在这样？"方知行脸色极难看，干净儒雅的形象被天台的风吹得乱七八糟，"让我们三个在青榆

219

都抬不起头，你就满意了？"

钱美琳眼圈通红道："我不这样，你会见我吗？"

方知行道："该说的话那天在医院门口我都跟你说过了，我们之间没有再见面的必要。"

钱美琳勒着姚思安的手又用力紧了紧："你不用撒谎了，我们之间的事我全都告诉姚思安了。

"我劝你最好说实话，不然别说孙子，你们方家连儿媳妇也剩不下。"

方知行一愣，旋即大怒："钱美琳！你敢！"

钱美琳道："我有什么不敢的？你可以撤资，我家公司倒闭又怎么样，跟我有什么关系！

"出丑和坏事都让我做，你假惺惺地当受害者，做老好人！天底下没有这样的好事！

"方知行，你休想再堵上我的嘴！"

钱美琳歇斯底里到扭曲，方知行尝试安抚她的情绪，而许姜趁人不注意悄悄退到一边，报了警。

钱美琳逼着姚思安又向后退了一步，两人的上身几乎探出天台之外，十分危险。

"方知行，你要是还不坦白，我现在就带着她跳下去！"

"……说，我说！"方知行眼神顿时变得艰涩不堪，视线与姚思安只短暂地接触片刻，便移到另一旁。

"我和美琳从小就认识，我出国前两家商量着等我回来就结婚，我们……也谈了一段时间。"方知行肩膀塌下来，像是终于卸下伪装，如释重负，"可等我回国，青榆就像变了天。美琳家的生意步履维艰，几乎都是靠我家公司撑着。"

方知行目光闪烁："说白了就是在靠我家吃饭，没有我爸妈的支持，她家早就破产清算了。"

"可能是家境的变化让美琳变了不少，她开始缠着我，多疑，敏感，让我喘不过气。"方知行目光转向姚思安，急切地表衷心，"我对你是真心的，思安！我是真心喜欢你！"

姚思安垂着头，长发被风吹动，她没看他。

钱美琳听完方知行这通情真意切的剖白，又恨又痛："不愧是文化人，三言两语就把自己说得像苦情剧里的情种。"

"前几天你为了威胁我，直接断了我爸公司的原材料供给！"钱美琳咬牙切齿道，"我爸磨破嘴皮子才接到的大单子，方少爷你说停就停，五天开不了工，现在我家要赔对方三倍违约金！"

"我妈在家寻死觅活，我爸急得心梗住院现在还昏迷着！"钱美琳怒吼，"就算你再讨厌我，再厌烦我，冲着我来就是！他们是从小就对你好的钱叔叔和冯阿姨！方知行，你不仅毁了我，还毁了我的家！"

方知行愣怔道："……对不起，美琳，我不知道。"

姚思安听得心乱如麻，本就疲惫的精神现在几乎是勉力振作。

"思安，现在来听听录音，看看你男人的真面目。"

钱美琳掏出手机，按下播放键。

录音里沙沙地响了一阵，而后响起一个中年女人的声音。

"美琳啊，阿姨不是没给你机会。知行出国前你们一起住了那么久，你怀孕两次，孩子都没留住。我也给你找了不少偏方，你也吃了，但是没什么效果啊。

"你看现在知行新认识的小姑娘肚子多争气，一下就怀上了。我看她状态挺好的，不然你们两个的事就算了吧。你生不出孩子，那我们方家不就断了根吗？

"美琳，你放心，咱们买卖不成仁义在，你家的厂子阿姨会继续关照的。毕竟认识这么多年，阿姨一直把你当干闺女呢。"

播放完录音，钱美琳把手机摔在地上，四分五裂。

"我的干妈对我可真好，当初耳提面命地给我灌中药和西药，不让我上班，我被副作用折磨得发胖浮肿，她都安慰我说是正常的。"钱美琳冷笑，十分瘆人，"现在直接告诉我，美琳啊，你解脱了。"

钱美琳的面庞泛着凄厉的白，她似乎是在笑，又仿佛是在哭，像是终于卸下这层跋扈嚣张的伪装，目光脆弱而决绝，孤注一掷地死死盯着方知行不放。

"……思安，你现在知道为什么方知行这么着急地跟你订婚吗？你真以为他爱你啊？"

钱美琳在姚思安耳边耳语。

"方家人只是需要一个培育生命的器皿，他们除了自己，谁都不爱。"

方知行现在才真真正正慌了神，磕磕巴巴地解释："思安，不是这样的，我是真的很喜欢你，恰巧你怀孕了，我们这才赶着结婚。你知道，未婚先孕对女孩子的伤害有多大……"

姚思安看着方知行的模样，忽然觉得有些可笑。

这个男人有一副儒雅俊秀，知礼守约的皮囊，可如今谎言被戳穿，竟是一丝风度都存不下。

皮囊之下，俱是恶鬼。

"我们只发生了一次关系，为什么我会怀孕？"姚思安睫毛轻颤，"你做了措施的，我记得。"

方知行没说话。

"那还不简单，把安全套扎漏不需要用针，只要细一点的牙签就可以了。"钱美琳眼神扫向方知行，"这么多年了还用这种烂招，真恶心。"

姚思安感觉有什么东西从眼眶里滑落，滴在地上。

天台花灰色的地面洇出一个深色的墨点，一个又一个。

天台下方传来嘈杂的喊声和警笛声，钱美琳收紧手臂，朝下看去。消防员正在铺一张巨大的安全气囊，围观群众饶是被警察拦在安全线外，也是足足里三层外三层。

姚思安神情早已冷冻成冰，尽管被钱美琳禁锢身体，性命随时不保，却表现得仿佛与她无关一般。

这朵娇艳玫瑰，从花苞到盛放都迷得人心尖颤颤，如今枯了花枝，花瓣荼蘼，仍是美得凄淡迫人。

许姜悄悄往后退，把锁住的天台门打开一丝缝隙，方便楼下警察突围。

"方知行，你要是真的这么爱姚思安，我把她推下去，你敢跟着一起跳吗？"

钱美琳笑得肆意，骂了句脏话："'妈宝男'，楼下有消防气垫接着呢。"

"思安，我来找你闹过好几次，但我其实只是想让方知行站出来，堂堂正正把事情讲清楚，我不想让我们两个都折在同一个渣男身上。"钱美琳声音很轻,"我没什么文化,很多事身不由己,做了也做错了。其实我一直挺羡慕你的,甚至还有点嫉妒。"

"就在许姜把方知行叫来前,我还恶毒地想把你一起带走。"钱美琳长叹一声,"思安,这是我的恶种出的果。人在做,天在看,我们原来欺辱许姜和其他同学时,都没想过自己会有今天。是我们应得的。"

钱美琳叹了口气:"这辈子的债我先替你偿了,下辈子希望我们做一对普普通通的好朋友。"

天台门外的楼梯里传来警察急促的脚步声。

钱美琳勒着姚思安的手微微放松,人在她身后转了个位置。姚思安只觉不对,骤然抬头:"美琳,你……"

"思安,这孩子不能留,他是你的债。"钱美琳说完,抬手把姚思安推了下去。

下坠的速度很快,风声灌耳,姚思安看见方知行探出了头,又缩了回去。

姚思安闭上眼睛想,他果然不会跳,甚至都没有伸出手拉住她。

他不愿为她冒险,哪怕前路再安全。

姚思安的眼泪从眼角滑落,摔在安全气囊上时急救医生和警察、消防员都围上来问她怎么样。可楼上那个缩回去的身影,没有再看一看她。

也是,只是一个器皿,哪里有让他冒险的必要呢?

方知行开口挽留已是荣幸。

器皿而已,常换常新。

与此同时，警察已经冲到了天台门边，方知行几步跑到栏杆前去看姚思安的情况，见她摔在安全气垫上，这才舒了口气。

"方知行，我只问你一句话。"钱美琳趁大家不注意，不知什么时候跑到了天台的另一侧。她爬上了天台外沿，一脚悬空，像只断了线的、随时会坠落的风筝。

"你有没有爱过我？"

方知行眼神复杂，嘴唇嗫嚅良久，终是错过钱美琳的视线，没说话。

钱美琳嘴角泛起个苦涩的笑："看来我这人生来便是被人利用的命。

"从来，没人爱我。"

她又看向许姜，嘴唇微动，许姜认得那个口型，是在说对不起。

而后，钱美琳闭上眼睛，向后倒了下去。

在听见身旁的警察小声说天台的另一端没有安全气垫时，许姜在钱美琳倒下去的那一秒，闪电般地冲到天台边，拉住了她的胳膊。

"许姜，让我走吧。"钱美琳眼神灰暗，毫无求生意志，她道，"你看看我的人生，肮脏又垃圾，是这座城市里糜烂的脓疮。

"我不值得你救我。我不该活着，也没有意义。"

纵使许姜的腰身和胳膊都被警察们拉住，添了许多辅助力量，但她仍感觉自己抓不住钱美琳一直在挣脱的手。

旁边的警察喊："小姑娘别想不开，想想你的家人，他们还需要你，还牵挂你！"

钱美琳静了一瞬，随即挣扎得更加厉害："他们只是在利用我！利用我的身体，利用我的感情！"

她泪流满面，抬头看着许姜，声音凄厉："许姜，你别傻了！我是钱美琳！上学的时候总是欺负你，还和别人一起孤立你！

"就算你把我拉上去我也不会感激你！

"你以为你在拯救我？我不需要你的假好心！

"现在放手你就报仇了！这样不好吗？"

"不好，一点也不好。"许姜的手腕和手指都非常疼，她额头渗出了冷汗，依然固执地拉住钱美琳。

许姜听见警察们在帮她拉住钱美琳的同时讨论，要考虑钱美琳求死意志太强烈，会在强行救援时反应激烈，在天台墙壁撞死。

"我不要你感激，或者等下你上来抱着我哭一场，和我打一架也无所谓。"许姜勉力支撑，声音有点颤，"我一直都讨厌你，初中是，之前聚会是，现在也是。

"但今天，钱美琳，就算要跳楼也不该你跳！那个'渣男'现在还在天台上好好坐着，你和姚思安倒是都落下去了。"

"他还在云端，你们却到了地底。"许姜喊，"钱美琳，这是你想看到的吗？"

"而且——"许姜眼眶也红了，朝钱美琳大喊，"虽然我讨厌你，但是——

"这世界上不止他一个男人！

"可能方知行不爱你，你家人也在面临选择时放弃你，世界上却一定会有一个人天生就为你而来！"

许姜的眼泪落在两人交叠的手腕上。

"他会越过山海，踏碎星河，会为你而来！钱美琳！

"可能他还没出现，那是因为他在路上，正闯过重重艰险奔赴你。如果你不管不顾地就这么离开，等他来时，他会找不到你。"

钱美琳怔怔地看着许姜，良久后嗫嚅："……真的吗？"

许姜肯定道："真的，美琳。如果你不在了，他会形单影只地找你一辈子，一辈子都找不到你。"

许姜红着眼强调："他只为你而来。

"他爱你，只爱你。"

警察见钱美琳的态度软化，立刻强行施救，把钱美琳拉了上来。周围等候的医生们蜂拥而上，把钱美琳按在担架上，准备带到医院检查。

许姜整条右臂已经没有知觉，她靠着墙喘粗气，也被警察强行勒令去医院检查。

而缩在天台角落的方知行身体瘫软站不起来，在两名警察搀扶下勉强走下天台，两股战战，神情恍然。

路过天台的，在这初秋仍然称得上和煦的风，让许姜觉得透骨的冷。

到底什么是爱情呢？

可能是年少时躲藏在人群中，看向那人的炽烈眼神；可能是成年后，与crush（心动对象）彼此心照不宣的试探；可能是中年时，傍晚时分厨房里柴米油盐的人间烟火气；可能是垂垂老矣的夫妇，坐在黄昏里的陪伴。

或许能轻易说出口的，都不是爱情。

许姜跟着医生走出大楼时，围观群众已经走得差不多，不远处的警戒线里，消防员正在撤安全气囊，姚思安已经被送去医院检查。安全气囊消了气也只薄薄的一层，却承载着希望与人命。

到这时，许姜才后知后觉地开始害怕，她哆嗦着掏出手机，想给周溪山打电话。

"听说这儿刚才有人闹跳楼呢。"

"这不警察、消防、急救都来了。不就是人家男的不喜欢她，就一哭二闹三上吊的。你哭人家就喜欢你？一点都不珍惜自己的命，反正怎么样都没用，还不如过好自己的生活。"

"行了行了，少说两句……"

路人渐行渐远。

熟悉的号码刚刚拨出去，许姜又如梦方醒般挂断了。

周溪山不喜欢自己，那他心中就是有别的喜欢的人。

许姜还记得回青中给于秀敏的班级做分享时，周溪山站在光里，笑盈盈地说，他有喜欢的人了。

所有的尘埃在太阳灼热的光线里无所遁形，而周溪山却如青山翠柏，纤尘不染。

许姜被医生扶上救护车，嘴里慢慢泛起苦味。

她不应该再打扰他。钱美琳刚刚试图用生命结束一段畸形的三角关系，而姚思安和方知行也没能全身而退。

许姜不怕受伤，也没有那么高尚地去担忧另一个女生的情绪。

她不愿周溪山再受伤。

许姜想了很久，最终也没去医院探望姚思安。她们的关系算不上密切，她又看见了对方这样不堪而鲜血淋漓的时刻，许姜觉得姚思安应该不想见她。

后来，她是从前同事们的口中陆续得知了姚思安的消息。

她腹中的孩子没保住，从安恒离职后，她不知用了什么手段，把他们三个人的事通过方家的官方邮件，给方家公司每一个员工都发了邮件。

把方家搅了个天翻地覆。

没人找得到姚思安。有人说她出了国，有人说她去外地散心，有人说她干脆把家搬回了老家瑞津。

除了某一天许姜收到一条陌生号码发来的短信，内容只有"再见"两个字，再没有任何关于姚思安的消息。

钱美琳出院后也没有和许姜见面，她知道自己做错了事，会受到相应的惩罚。不过她给许姜发了一封很长很长的邮件，除了感谢和歉疚，还有对接下来的日子的安排。总之是不会放过方知行的样子。

有斗志才有生活的动力。

人嘛，只要活着便没有解决不了的问题，那些困在心头让人想放弃一切的难题，也会在漫长的时光里被一点一点解决。

并不是所有人都有机会选择是否活着的。

接下来的时间许姜大多都在医院陪赵时羽。

每天陪她定时吃药，偶尔给她在家里炖盅鸡汤送去，晚上趁蒋煜不在的工夫，也会偶尔偷偷溜出去给赵时羽买个烤地瓜解解馋。

饶是如此，赵时羽也在以肉眼可见的速度衰败着。仿佛一朵花提前到了花期，于是所有养分和氧气都成了摆设。

蒋煜除了在赵时羽面前还有点话说，平日里越来越沉默。好几次许姜在医院走廊尽头的吸烟区看见他，他手边都是堆成小山的烟蒂。

许姜在医院里碰见过几次周溪山，两人都没怎么说话，匆匆点头之后就错过。

他看起来还是很忙，每次遇见时都很快就离开。许姜想到周氏集团的事，估计够他焦头烂额的。

"蒋煜，下次周溪山什么时候来你能不能提前告诉我？"许姜结结巴巴地说，"我看他最近好像又瘦了，一看就没有好好吃饭。他这样辛苦，营养跟不上不行的。"

"下周就是中秋，他一个人肯定要来医院和你们一起过节。鸡汤和鱼汤我多熬点，让他喝了再走，行吗？"许姜连忙解释，"他来我就走，不让他尴尬不舒服。你就说家里阿姨汤炖多了，让他喝，行吗？"

蒋煜沉沉地看她，含混地应了声。

于是下周中秋周溪山说晚上要来医院时，蒋煜提前半天给许姜发了短信。

许姜连忙把鸡汤炖上，又做了周溪山爱吃的排骨，用保温盒装好了，提前半个小时送到医院。

她躲在医院花坛后面，看着周溪山走进住院部。许姜跟上去，一直偷偷跟到他进了赵时羽的病房。

蒋煜困倦地耷拉着眼皮，正陪赵时羽看新出的动漫，见周溪山来了，朝旁边的小餐桌努了努嘴："鸡汤和排骨，给你留的，多吃点。"

周溪山知道赵时羽现在免疫力差，把外衣放得远远的，先去洗干净手，才坐到离他们稍近些的位置。

"算你有良心。"周溪山夹起一块排骨，"嗯，味道不错，家里换阿姨了？"

"换阿姨？"赵时羽从 iPad 上抬起头，吐槽，"他家可请不起那么贵的阿姨。"

蒋煜揉揉赵时羽的头发，面不改色地出卖许姜："刚许姜送过来的。"

赵时羽忍不住暂停动画片，愤愤不平道："我真理解不了你，周溪山，你喜欢就去追啊，这么彼此折磨有意思吗？

"非得等到像我和蒋煜这样，没有几天好日子过了，才开始珍惜？"

赵时羽说完看见蒋煜沉下来的脸色，连忙安抚："呸呸呸，我们全是好日子，甜甜蜜蜜一百岁！"

蒋煜没说话。

"蒋煜！你现在是让我哄你吗？"赵时羽后知后觉地反应过来，"我现在可是病人！是我们四个人中的一级保护动物！"

蒋煜十分无语。

两人打打闹闹时，周溪山拎起外衣，悄然离开。

出病房时，他抬眸，恰巧看到走廊拐角处离去的一个身影。

周溪山忍不住跟了上去。

许姜尽管穿着裙子，却依旧跑得很快。跑下台阶时，像一只翩然离去的蝴蝶。

蝴蝶只是轻轻扇动翅膀，就在周溪山的心里刮起一阵不停歇的飓风。

今日是中秋，周溪山在心里说，就放纵一次，让这只蝴蝶多停留一会儿。

他不远不近地跟在许姜身后，望着圆满的月亮，心中庆幸。

庆幸他们还有机会，沐浴在同一轮月下。

许姜已经快跑到医院大门处，似乎是踩到了什么东西，她重重地摔在地上。

周溪山一愣，下意识地加快脚步过去扶她。

许姜最怕疼了。

上学时她摔疼了就会默默走到旁边一个人哭，每次赵时羽和他都要哄好久。

周溪山脚步急切，走到一半时自己也差点摔倒。

不远处的许姜却没哭，她站起来拍掉裙摆上的土，一瘸一拐地继续跑。

周溪山愣了片刻，自嘲地笑了。

许姜不再是那个需要他庇护的小姑娘，她在没有他的时光里认真发芽，努力长大，成了今天摔倒也不会哭的许姜。只是不知道，许姜这样独立勇敢，是因为不需要庇护，还是因为知道没人庇护她才变成这样。

周溪山在原地停顿片刻，继续朝前走。

许姜到医院门口时，一辆黑色汽车朝她鸣笛。车窗慢悠悠地滑下，周溪山看到副驾驶座上姜兰的脸，以及面容稍稍模糊的许卫国。

他顿时停住脚步，躲在医院大门的立柱后。

"今天中秋，咱们一家人去姥姥家过节。"姜兰难得语气温柔，"姥姥给你准备了大闸蟹和芋泥月饼，还有一大桌子你喜欢的菜。姜姜，中秋节是团圆的日子，不要跟你爸置气了。"

许姜说了什么，还有许卫国回了什么，周溪山都没听清。

他只看见那辆黑色汽车停在自己的车旁边，一分钟后，黑色汽车驶离，尾气喷在他的引擎盖上。

现实的参差终于在他眼前放大，鄙陋到无处遁形。

周溪山走到车边，用手轻轻地擦去后视镜上的灰尘，许久未上车。

中秋节，医院附近来往的人不多，哪怕是来医院送饭的家属脸上多少都带着点喜气。

一家人团团圆圆的，在医院也是一样开心。

周溪山从裤兜里掏出支烟，用打火机点了，用牙齿咬住。

跟着许姜走出来的动作完全是身体本能驱使的，如今许姜离开了，他茫茫然不知该去什么地方。

周溪山忽然懂了书里那句"天大地大，何以为家"的喟叹。

他与人间的联系清清楚楚，就那么几条。如今周景林走了，三个朋友各有归处，单单他一人，孤魂野鬼似的飘着。

周溪山哂笑，如今他也是赤条条来去无牵挂的人了。

他把手机掏出来，点开许姜的对话框，娴熟地打字：【你是第 8023 个接受中秋祝福的人，中秋快乐。】

然后他又给蒋煜发消息：【鸡汤和排骨别动，我一会儿带走。】

橘红色的火点明明灭灭，一口轻薄的烟雾被呼出，周溪山透过这雾气看向月亮，雾蒙蒙的。

他举起手，对着月亮，缓慢地比着手势。

8，0，2，3。

L，O，V，E。

今天也在对你告白，我的月亮。

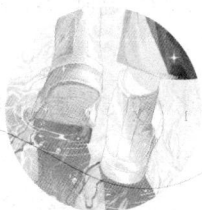

BUJIANBISHAN

第十二章
清澈地爱你

鉴于顾医生的诊断，以及赵时羽目前的身体状况，蒋煜把婚礼时间生生提前了两个月。

今年青榆的气温非常不正常，明明刚入秋没多久，妖风却刮得像秋末冬初似的。

许姜看着赵时羽背上冻出来的鸡皮疙瘩，放下她的头纱，心疼地问："时羽，要不要再贴两个暖宝宝？"

"不……不冷，一点都不冷啊！"赵时羽冷得声音发颤，仍是倔强地拒绝许姜，"我的腰上和腿上都被你贴满了，一会儿宣誓的时候要是掉出来多尴尬啊？"

赵时羽现在已经非常瘦了，之前订婚纱时尺寸正好，如今后面加了夹子，腰上再贴两个暖贴，腰身仍然很纤细，丝毫不显臃肿。

"不会的。"许姜抑制住流泪的冲动，故意逗赵时羽，"许师傅的手法你放心，全国质保，掉一罚十。"

赵时羽站在镜子前，一遍又一遍地端详自己的模样。

"妆化得太淡了，你看我这里的瑕疵都遮不住。

"这个口红颜色是不是太轻佻了，压不住场子吧！姜姜，结

236

婚要用正红色吧，正宫红！

"还有我这个腰，是不是要再束紧一点？我锁骨上没涂高光，一会儿礼堂里的灯光照下来会不会很难看啊……"

许姜捏捏她的手，问道："时羽，你是不是太紧张了？"

赵时羽忐忑地转过身问："我好看吗？"

病情的恶化让赵时羽的容貌迅速变化，原来年轻饱满的身体现在干瘪枯萎，像一截老树上砍下来的枝丫。

她脸上的妆容已经足够浓，却依然遮不住凹陷的脸颊。

瘦得只剩一把骨头，骨瘦伶仃地站着，实在称不上好看。

"怎么能只用好看来形容呢？"许姜惊叹，"我们时羽现在可是天下第一大美女，青霞和志玲都要逊色三分。"

"就你会说。"赵时羽满意地翻了个白眼，转而忧心忡忡，"那蒋煜会喜欢吗？"

许姜肯定地点头："你就是披个麻袋，他都喜欢得不得了。"

"行行行，你快出去帮我催一下捧花。"赵时羽冲许姜眨了下眼睛，"蒋煜说他订的是我从来没见过的花，快拿来看看，然后咱们练习一下抛接。"

赵时羽笑嘻嘻道："我的捧花当然属于全宇宙最好的姜姜！"

"好，那你先休息，我马上回来。"

许姜应了声，从外面关上了门。

赵时羽的嘴角慢慢垮了下来，脸上洋溢的笑容逐渐被痛苦神色代替，她剧烈地咳嗽，捂着唇瓣的手指被咳出的鲜血染红。

她小步挪向洗手间时，心中还在庆幸——

还好，还好没戴上白色的长手套。

路过的服务生说，捧花放在偏厅。

许姜顺着指引步履匆匆地走到偏厅，见到了一袭白西装的周溪山，笔直清瘦，神色很淡。

他手边放着一束粉白相间的花。

"我来拿时羽的捧花。"许姜说。

周溪山"唔"了声，眼皮一颤，视线从窗外移到许姜身上时，沉默冷静得宛如一潭死水，没有一丝波澜。

他看起来比最后一次见面时清瘦许多，许姜有点想不起他们有多久没见了。

漫长得仿佛过去了一个世纪。

"知道这花叫什么吗？"周溪山问。

许姜摇头。

"落新妇。"周溪山说，"蒋煜特意找的。"

许姜拿起捧花，细细地打量，问道："一般婚礼上用玫瑰和马蹄莲的比较多，这个花有什么特殊的寓意吗？"

"和希腊神话有关。在国内也是有好彩头的，比如，从天而降的新娘。"周溪山顿了顿，又道，"它的花语也很特别。"

他目光微顿，犹疑片刻仍是落在许姜脸上。

"我永远清澈地爱你。"

这句话让许姜的心猛烈跳动，周溪山的眼神却没有哪怕一点点涟漪。

他头一遭这样冷淡、平静而泾渭分明地看着她，宛如他眼里的许姜和在场的任何一个陌生人都没有区别。

许姜拿起捧花，从周溪山身边匆匆走过，没说一句话。

婚礼开始前，赵时羽一直在吐槽落新妇不好看，长得奇奇怪怪，还是玫瑰花浪漫。等许姜说了它的花语，她才撇撇嘴。

"行吧，看起来也还不错。"

礼堂里已经坐了不少人。

不知道怎样被蒋煜说服的他父母，赵时羽关系比较好的朋友，把礼堂占满了大半。

赵时羽的父母没来，如今只有许姜扶着她的手，把她送到之前约定好的位置。

"我有点紧张。"赵时羽见许姜松开她的手，回过头求助似的看向她，清透薄纱后的眼睛，湿漉漉的温柔。

"我在身后看着你，别怕。"许姜眼中泛泪，笑着说，"时羽，看前面，他来了。"

礼堂厚重古朴的大门"吱呀"一声，开了一道缝。

有光跑进来。

蒋煜站在红毯的尽头，望着红毯那头的赵时羽。

这是无数次出现在他梦里的场景，儿时的玩伴拉着他的手奔跑，一点点变成跳脱却不失娇憨的少女，又慢慢成了现在的赵时羽。

此时此刻，他的女孩俏生生地站在那儿，身披白纱，等着他走过去，向神父宣誓，在主的见证下承诺，我们愿意终生陪伴彼此。

无论疾病，还是困苦。

蒋煜眼底发热，低下头偷偷用袖口擦了下眼尾，忽然后腰被人轻轻顶了下。

"快往前走，《婚礼进行曲》放了好半天。"周溪山小声提醒。

蒋煜连忙朝前走，朝着他的妻子走去。

红毯绵密厚实，踩在上面竟一点声音也没有。蒋煜从迈出第一步起就在和赵时羽对视，她也没错开眼神，同样眸光缱绻地看着他，又笑又哭。

高高的穹顶上，印刻在彩色玻璃上的六翼天使，在阳光下投射出怜悯而神圣的影子。

神爱世人。

无数片雪白羽毛如落雨飞花，轻柔地从空中飘落，赵时羽微微仰头，片刻后又再次感动地看向蒋煜。

他居然给他的小羽毛准备了这么多羽毛。

"一片羽毛是孤单的，也许一群羽毛在一起就不会。"她记得蒋煜求婚时半跪在她病床前，"羽毛自己会坠落，如果变成翅膀就可以飞翔。

"嫁给我吧，时羽。"

我可以成为你的翅膀。

或者找到全天下所有的白羽，为你造一双翅膀。

赵时羽看见蒋煜的人影越来越分明，他走得很快，最后几乎是在奔跑。

她心中有点埋怨，蒋煜怎么这么着急啊，一点都不稳重。不稳重的他被教堂里的天使看见，会不会不祝福他们的感情？

她心中想着：这么短的红毯，不是几分钟就能走完？

晚一分钟，我就不会嫁你了吗？

蒋煜，哪怕你晚来一个小时，晚来一天，我都会嫁给你。

晚来一年可能不行，因为我没有那么多的时间啦。

"时羽！"

赵时羽听见好多人喊她的名字，最清晰的仍然是蒋煜的声音。

她抚摸着蒋煜的脸，埋怨道："你跑那么快干什么？难道我等不起吗？"

赵时羽眼前的人影散成一片，融成一束耀眼的白光。

"我们明明还有那么多好日子呢，要甜甜蜜蜜一百岁。"

说完，她无力的手臂垂了下去。

那捧落新妇随之摔在地上。

"时羽……赵时羽！"嘈杂的宾客席，乱成一团的现场，蒋煜现在任何声音都听不到。

天上的羽毛还在落。

蒋煜跪在赵时羽身前，无措地擦着她口中咳出的血："时羽，时羽，你醒一醒。"

你还没说我愿意。

不是说好要当我的妻子吗？

怎么现在闭上眼不理我呢？

蒋煜捧着赵时羽的脸，恍惚间被人拉扯着。他看见周溪山揪着他的衣领说了什么，他的父母围着他和小羽毛哭，可脑子里乱糟糟的，反应不过来。

许姜拨开人群冲过来，用力拍打着蒋煜。

"蒋煜！你清醒点！时羽还没死你哭什么哭！"在一片寂静中，许姜吼道，"送她去医院！马上！"

蒋煜如梦方醒。

他抱起昏迷的赵时羽，在扬起的羽毛中朝礼堂外跑。飘浮的羽毛被一阵风带起，追随着蒋煜的步伐，不舍地跟随着赵时羽。

《婚礼进行曲》仍然继续响起，礼堂里所有人都跟在蒋煜后面奔跑。

蒋煜抱着赵时羽跑得颠簸，仍然把许多人落在他们身后。赵时羽身上的羽毛一片片落下，混着几滴殷红的血，蜿蜒迤逦着印在沥青马路上。

中途赵时羽醒了一会儿，她费力地抬手去擦蒋煜脸上的泪，眼里含着不舍："蒋煜，我的翅膀不见了。"

空荡的礼堂内，《婚礼进行曲》的最后一个音符落下，余音在无人的大厅里萦绕，仿佛穹顶上天使的悲鸣。

四散的白羽中，染上鲜血的几片和着落新妇掉落的花瓣，缓缓停在宣誓台前，映在十字架的微光里，皎洁无华。

医院外，许姜把蒋煜父母和最后一车亲属送走后，忍不住打了个寒战。

周溪山看了眼她裸露的肩膀，脱下西服外套，给她披上。

许姜拢了拢衣服："……谢谢。"

周溪山淡淡地嗯了声，率先迈开步子走进急诊楼。

许姜抿着唇，跟了上去。

急救室外，蒋煜坐在一旁的塑料长椅上等候，盯着长亮的急救灯。他身上的礼服揉得皱皱巴巴，衣襟上有赵时羽半路咳出来的血迹，若不是他身边放着的那捧落新妇，丝毫看不出他是个刚刚准备结婚的新郎。

见周溪山和许姜过来，蒋煜的神思勉强回笼："你们在这儿等着，我去洗把脸。"

离去的背影，孤单零落。

许姜默然："抱着时羽跑了那么久，难为他了。"

周溪山靠着墙，声音低沉："停车场离教堂太远，我跑去开车太慢了。"

"不怪你，谁也没想到会出这样的事，大家都没反应过来。"许姜说。

周溪山"唔"了声，又沉默下来。

许姜手上沾了点赵时羽的血，现在正低头用力搓着，忽然听到周溪山开口，打破了沉默。

"什么时候去京北？"

"原定是时羽婚礼之后就去，现在可能要再等等。"许姜说完，抬眼看向周溪山，"我在家收拾东西时，找到了个东西。"

"是一枚银戒，好像是高一那年我过生日，你送给我的。"许姜揉搓得更用力，"底座是哆啦A梦，你还记得吧。"

"哦，是吗？"周溪山从阴影里抬起头，神色平淡，"不记得了。"

许姜讪讪地笑道："也是，这都过了多久了，不记得很正常……"

两人之间隔着一道充满消毒水味道的走廊。每天有无数次生死在这里上演，许姜觉得自己生死攸关的时刻也许到了。

她看见周溪山站直了，朝前迈了一步，站定在光明与阴影的交界处。

周溪山堪堪停在那里，停在阴影地带的边缘，只差几根头发丝那么宽的距离，他就能碰到光了。

"哆啦A梦那么幼稚的戒指，我年轻时那么没品位吗？"周溪山的脸掩映在暗影里，嘴角挂着若有似无的薄情的笑。

"许姜，我送过那么多人。

"谁在乎呢。"

等许姜再回忆起那惊心动魄的一天时，除了赵时羽摔在羽毛里的那一瞬间她心里的巨大恐慌，剩下的全都是医院走廊里，周溪山冷漠的声音。

周溪山的确不喜欢她。

她确实给周溪山造成了困扰。

从那以后许姜才真真切切感觉到，喜欢上一个不会喜欢你的人，像爱上天空的鲸，憧憬海底的鹰，被堵在天台里绕不出去的风。

是罗大佑歌里写的，想得却不可得，你奈人生何。

那枚戒指许姜舍不得扔，却也再没碰过。

自那天赵时羽在婚礼上晕倒，她的身体每况愈下，醒着的时候越来越少，睁不开眼的时候越来越多。

刚开始赵时羽还在清醒的时候逗一逗蒋煜，不让他总板着脸，但后来她已经虚弱到自顾不暇。

肉体的疼痛和精神的折磨让赵时羽的痛苦无穷无尽，当她从漫长的昏睡中醒过来时，只剩下一件事要做。

就是求蒋煜放她离开。

蒋煜由最初的温声哄她，到赵时羽慢慢变得越发歇斯底里，他只能沉默地给她削水果。再后来，需要他和许姜两个人才能按住赵时羽，叫医生过来打镇静剂。

许姜跟京北的公司说明情况，申请远程办公，延长了报到期。

她想多陪陪赵时羽。

再后来，赵时羽没能挺过这一年的冬天。

那天异常的冷，落了当年青榆的第一场雪。赵时羽难得精神不错，央求着蒋煜出去给她堆一个雪人。

"我真的想要个雪人。我知道它凉，寒气重，你担心我。"赵时羽倚着升起的病床，有气无力地说，"我不碰，就是看看。"她笑得虚浮但灿烂，"求求你了，老公。"

蒋煜一愣："你叫我什么？"

赵时羽笑眯眯道："老公啊。"

那是赵时羽结婚后第一次这样叫蒋煜，蒋煜惊喜之余自然什么都答应下来。

等蒋煜下楼后，赵时羽慢腾腾地下床，蹒跚地挪到窗台边，看着那个穿着深灰羽绒服的人影，笨拙地在漫天飞雪里堆雪人。

失败，失败，又是失败。

赵时羽抬起手指，笑着在挂满冰霜的玻璃上，画了一颗心，圈住了正在堆雪人的蒋煜。

这次我真的要走啦。蒋煜。

虽然没能实现甜甜蜜蜜一百岁的诺言，但和你在一起的每一天，于我短暂的生命而言都是馈赠。

"小羽毛，给你看我堆的迷你雪人……"蒋煜兴奋地推开门，冻得通红的手心，窝着一个小小的雪人。

赵时羽嘴角挂着淡淡的笑，躺在床上没动。

蒋煜以为赵时羽睡着了，稍微提高音量，又唤了她一声。

她仍然没动。

蒋煜颤抖着手，走到病床前，探了下赵时羽的鼻息。

雪人"啪"的一声摔落在地，四分五裂，散了一地碎雪。

蒋煜没给赵时羽办葬礼。

赵时羽还活着时，曾靠着床头跟蒋煜吐槽正在看的电视剧："人活着什么都没享受到，死了搞这么大排场有什么用？"

"小蒋同学，等我到了驾鹤西游的那天，你就把我推到火葬场里，一把火烧了就完事。"赵时羽说，"努力做把草木灰，还能给地球母亲的环保事业做出点贡献。

"人要声势浩大地活，静悄悄地离开，这才对嘛。"

赵时羽去世后，许姜退了租的房子，准备去京北就职。

从英国回青榆的这几个月，像是一场梦。许姜的生活里失去了一些人，认识了新的人，也有一些人，重要却从未拥有过。

她坐在机场候机厅，握着手机，眼神停留在与周溪山的聊天页面，久久没有发出一句话。

太久没聊天，忽然道别显得太刻意了。

索性什么都别说。

"这么急着走？"

许姜抬头，是背着黑色背包的蒋煜。

他眉眼间没了肆意的笑，成熟很多，再也没有那副赵时羽在时吊儿郎当的慵懒样子。

"京北催我过去。打工人嘛，总是不自由。"许姜笑笑，"你这是去哪儿？"

蒋煜摩挲着挂在脖颈上的吊坠小瓶子："想带她出去看看。"

"小时候不懂事，总是她让着我。中国这么大的地方，她还有很多都没去过，没看过。"蒋煜说，"人总不能留遗憾。"

说完，蒋煜看向许姜："其实人一生很短暂，自由的时间不过几十年，没那么多过不去的事儿。"

"除了生死，没那么多事能把两个人分开。"蒋煜掏出手机，在手里摆弄着，"许姜，自欺欺人只会让自己一辈子不好过。等再过十年，你们回头看，那些你们心里的沟沟坎坎早就被岁月一手填平。但你们之间的遗憾会越来越深，变成一道天堑。"

"你也说，是两个人。"许姜唇边泛起个苦涩的笑，"就算我喜欢他，我能解开心里的疙瘩，又有什么用呢？"

"是我家对不起他，他才是受害者。"许姜轻声说，"我是没资格说原谅的。"

"你初中时候因为错过体育补测没能评上奖学金，后来青中多了个'如愿奖学金'，标准卡得很死，只有你一个人符合。那是三儿用自己全部的钱，求他爸设立的。

"你从家里搬出来，房子是三儿找的，托时羽告诉你。那里的房租哪有这么便宜，是他自掏腰包补了一半的差价。

"给你暖房的那天，我买了一大堆的厨房用具，以及后来送到你家的家具，你以为是我和时羽送给你的，其实都是三儿出的钱。"

蒋煜看了眼惊得说不出话的许姜，继续道："还有前段时间，他几乎把家底掏空了，从国外拍了颗钻石回来，因为那颗钻石叫'清澈之爱'，他说准备表白的时候送给你。

"就连我结婚时候的手捧花，也是他求我挑的，就为了对你说出那句蠢直的花语。

"我认识的周溪山，整整喜欢了你十年。"

蒋煜叹道："许姜，这世界上没人比他更爱你了。"

许姜道："……可他从没跟我说过。"

"他想跟你说的。但戒指刚做好，你爸跟他谈了一次。紧接着，周叔突然去世了。周氏集团的小股东全跑了，他被赶出董事会。没了三儿掌舵，周氏集团更是一盘散沙。

"前几天，周氏集团破产清算。

"他的日子，过得很苦。"

蒋煜声音低哑："有时候我想不透，像他和时羽这样好的人，为什么都像在黄连水里泡着一样。

"你知道周溪山是什么样的人，永远体面妥帖，从不低头。很多事他嘴上不说，却不代表心里不清楚。"

"许姜，我之前跟他喝酒，第一次见他哭。"蒋煜喃喃说，"他为什么一直没告白呢？

"因为他说，他想在花团锦簇里清澈地爱你。

"但是他现在没有花，孤零零的，被困在一片混浊里，没法爱你。"

许姜泣不成声。

"行了，我得登机了。言尽于此，希望你能想清楚，别让自己后悔。"蒋煜长叹一声，站起身，"有时候只要勇敢地朝彼此多走出一步，就足够了。不用谢我，毕竟让你们在一起，也是她的愿望。

"刚才我给三儿发过消息，他现在正在来的路上。"

蒋煜晃晃手机，许姜看见一长串文字消息里，周溪山简洁的回复：【让她等我。】

许姜握着手机，在候机大厅一直等了两个小时。

眼看着太阳一点点西沉，许姜心里渐渐焦躁。

她生怕一切都是自己的幻觉。

又过了几分钟，她手机屏幕终于亮起来，备注"周喜三"的人名在屏幕上闪烁。

许姜紧张又欣喜地接起电话，声音艰涩："……周喜三。"

"您好，这里是青榆市人民医院。许小姐，您的朋友在高架上发生车祸，正在抢救中，请帮忙联系下他的家人。"电话里的女声十分冷静。

"我们这边准备做手术，需要亲属签字。"

许姜本就不是坚定的唯物主义者，如今她的信仰天平更是摇摇欲坠。

这是她最近第几次来医院了？

从这次她回青榆，身边的人一个个仿佛都没有好下场。

"许小姐？"护士耐心地拉回她的神思，"这位患者伤到了头，手术风险很高，必须要直系亲属签字。你代签不行的。"

"他没有别的亲人了。"许姜抿着苍白的唇，面容仓皇，"我是……他关系非常好的朋友，求求你。"

"医院有医院的章程，请不要为难我。"护士说。

许姜眼圈通红，无措地抓着护士的手，说道："……我知道，我知道。我不为难你。那你告诉我，我可以去问谁？"

"护士长！"小护士也很为难，正好碰见在护士站巡查完的护士长，便问，"这个病人没有亲属，可以让她代签吗？"

护士长的目光扫过那张告知单："姑娘，真的不行……"

许姜呼吸一窒，"扑通"一声跪下来，重重地给护士长磕了一个头，声音嘶哑："您是好人，我求求您。"

小护士急了，连忙去拉许姜起来："快起来，你这是干什么呀。"

她用了很大力气，居然没把眼前这个瘦瘦的女生拽起来。

许姜跪缩着，额头触着冰凉的地面，用尽全身力气几乎要把自己嵌入地砖里。眼泪打湿了她的发，蜿蜒着，像一条无声的河。

"我愿意承担任何风险和责任！"

许姜泪如雨下，额头又磕在地上。

"他是我的爱人！"

他早就该是我的爱人。

后背和胳膊仍被人用力拉扯，许姜不再说话，只是红着眼继续磕头，一声又一声，在空荡的走廊里回响。

护士长在医院工作这么多年，见多了生离死别，却也没见过如此豁出去的年轻女生，她连声答应下来："好好好，我去跟主任汇报请示，你别急！"

说完，步履匆匆地走了。

许姜泪眼模糊地伏在地上。此时的地面更加寒冷，黑色雪泥留下的污渍粘在她白色羽绒服上，许姜毫不在意。

不知过了多久，她膝盖发麻时，被人狠狠地拎了起来。

"啪！"

许卫国甩了许姜一个响亮的耳光。

这一巴掌带着外面的寒气，把许姜从懵懂浑噩的状态中打醒了。

"哭哭啼啼地跪在这儿像什么样子！你是死了爹还是死了娘！"许卫国气得哆嗦，"我和你妈供你出国读书，当高级知识分子，就是让你在大庭广众下，为了一个男人下跪？！"

"有话说话，你打她干什么！"姜兰看见许姜渗着血的额头，一阵心疼，连忙拦住许卫国，把许姜扶起来，"你给我们打电话也没说清楚，到底出了什么事？什么叫再也不去京北了，哪儿都不去了？"

"周溪山出车祸了。"许姜强行稳住情绪，却抑制不住声音里的哭腔，"是为了我。"

姜兰一惊："伤得很重？那孩子在哪儿呢？"

"还在抢救，医生说伤到了头。"许姜看向许卫国，目光坚定，"我妈当初求李曦阿姨救我的命，也下跪求了很久。

"为了自己爱的人，不丢人。"

"他出车祸跟你有什么关系？是你干扰他驾驶，还是你让他刹车失灵了？"许卫国脸色青白，十分难看，"你为了那么个一屁股债的小子就不去京北上班？许姜，你可真让我们失望！"

许姜倔强地看着许卫国,梗着脖颈,眼里闪烁着泪光,坚定道:"我不会走。"

许卫国见许姜仍是一副死不悔改的样子,气得破口大骂:"你就在这儿待着!他瘫痪、截肢,还是缺人端屎端尿,你都去当这个不要脸的护工!

"许姜,生了你简直是我许卫国这辈子最大的败笔!"

许姜站起身,走到许卫国身边,脸颊上的红肿指印清晰异常。她嘴唇干裂,眼球上遍布着血丝:"爸,你曾经是我的父亲。

"但你现在只是个套着人皮的吸血鬼。"

许卫国气得又扬起手。

"打吧,你是我爸,我不还手。"许姜闭上眼,唇色苍白道,"只要今天你不把我打死,只要我还有一口气在。

"我就会在青榆守着周溪山。

"守他一辈子。"

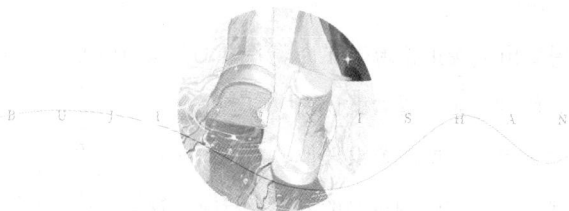

第十三章
太阳永远闪耀

"姐姐。"

周溪山端端正正地坐在许姜旁边，柔软的白毛衣松垮地套在身上，眼神清澈，看着就让人眼前一亮。

"姐姐，"见许姜没理他，周溪山又唤她，手指不安地紧紧锁着她的手，"刚刚过路的人都在看我。她们为什么看我？"

许姜温声哄道："看你长得好看，她们都很喜欢你。"

"可我不想她们喜欢我，只想要姐姐喜欢我。"周溪山紧张地摆弄着手指，问道，"我们什么时候能离开啊？不是说好了今天去书店看书，怎么又来医院了？"

许姜对上周溪山清亮又纯真的眼神，鼻尖一酸，回道："来医院才能身体健康，听话。"

"姐姐，疗养院的药好苦好难吃，那我们来医院可以换别的药吗？

"我想要那种甜甜的药丸。"周溪山挽起毛衣袖子，露出伤疤未褪的胳膊，说道，"我不怕疼哦，打针也可以！"

"下一位，周溪山。"护士喊道。

许姜拉着周溪山朝里面走。

"为什么要叫我周溪山？"他嘟囔，"我是周喜三呀。"

医生给周溪山做了粗略的检查，又问了一些问题，周溪山皱着眉头答完了。

许姜从包里掏出本建筑绘本，让周溪山去外面的等候室看。等高高瘦瘦的身影消失了，她才把新拍的CT片子递给医生，说道："刚刚也做了磁共振，他醒来十二天了，却依然记不得原来的东西，智商似乎也退化了。"

"问题到底出在哪里？"

医生叹了口气道："许小姐，我跟你讲过了，他头部的损伤是不可逆的，永久性的。

"这辈子他的智商只能停留在八九岁，不会有变化了。失忆只是脑损伤带来的附加症状。"

"你还年轻，"医生欲言又止，"很多事得想清楚。总得结婚吧。"

许姜沉默半晌，嘴角抬起个极其轻浅的弧度："医生，他就是我丈夫。"

许姜从医院出来后，带着周溪山去了书店。

他高兴得像只小喜鹊，浓黑的眼睛闪亮亮的，抱着许姜的胳膊喊："许姜姐姐天下第一好。"

她不好，一点都不好。

许姜看着朝书店里面跑的周溪山，眼睛涨得难受。

周溪山跑到半路忽然停下来，转过头朝许姜喊："你快跟上我啊，姐姐。"

"不要让我走丢啦。"

不会。

许姜快步跟上，心想：不会再让你走丢了。

周溪山进了书店直奔工具书区域，在建筑学书架上翻找良久，找出今年最新出版的建筑图鉴，细细地看起来。

看着他的样子，许姜忽然想起急救手术后，老教授安慰她说的话。

"变成小孩子也不完全是坏事。

"前半辈子他受了那么多苦，该忘的都忘了，该记得的人还记得，对他来说不是很好吗？

"最起码他是快乐的，不是吗？"

许姜盯着手里的书发呆，没注意到周溪山什么时候静悄悄地挪到她旁边。

他垂着眸子，轻声念道："我喜我生，独丁斯时。恰巧风月，余渭之缘。"

"唔，出自《后汉书·岑彭传》。"周溪山迷惑地问，"姐姐，这句话是什么意思啊？"

"我庆幸自己生在有你的时代。"许姜感受着周溪山平稳的呼吸，看着他生动的表情，忽然就释然了。

她笑着说："我所见到的山川湖海，遇到的人和事，在我看来都是因为缘分。"

"哦……"周溪山似懂非懂地点点头，下一秒注意力就被其他东西转移了。

"姐姐，刚才我在那边的漫画书上看到的，你肯定也不清楚什么意思！"周溪山悄悄地附在许姜耳边，"8023，你知道什么意思吗？"

许姜僵住。

见她不回话，周溪山笑了，露出一排白皙牙齿："我就知道姐姐不知道！姐姐是大笨蛋！"

他笑得狡黠得意，两只眼睛弯着，像只快乐的小狐狸。

他修长而骨节分明的手指在许姜眼前晃了晃，缓慢地比了这四个数字的手势。

是 LOVE。

许姜马上拿出手机，在和周溪山的聊天记录里输入 8023，以 8023 开头的消息从他们分别就开始，那些难以剖白的爱意隐藏在这些消息里，漫长得像一首诗篇。

一滴眼泪从她眼眶滑落，滴在屏幕上。

周溪山霎时不笑了，惊慌失措地去拉许姜的手，声音里甚至染上了哭意："姐姐为什么哭啊，是不是我表演得不好？"

"没有，喜三最棒了。"许姜擦掉眼泪问，"书选好了？"

周溪山乖巧地点头："嗯！我们一会儿回去画画！今天买了这些书，可以画很多新房子。"

周溪山的绘画水平很高，也许是在国外学建筑时认真练过，每一张画都精妙绝伦，说是施工完成后的成品图也不为过。

接下来的一段时间，许姜都陪着周溪山住在疗养院。在周溪山自己的认知里，他今年只有八岁，姐姐离开他就是不要他了。

他会哭着喊着，撕心裂肺，要许姜姐姐回来。

许姜看不得周溪山这副样子。

许姜每天都会陪周溪山画画,挑最漂亮的房屋设计图,天气好的时候就出去散步,下雪了就去外面打雪仗,一日三餐也都由许姜亲自下厨,日子过得平淡也幸福。

周溪山用一根红绳穿起了许姜那枚银戒,让她可以戴在脖子上,不会弄丢。

喜欢的东西一定不要弄丢了,他说。

周溪山仍是什么都记不得,像个小孩子一样,喜怒哀乐都挂在脸上。许姜叫他周溪山,他拗着脾气不应,只有她唤他周喜三时,他才会笑呵呵地跑过来,叫许姜姐姐。

这样过也很好。

许姜在网上找了份帮人修改论文的工作,同时也在学习视频剪辑,她想以后找一份在家就能做的工作。

她再也没用过许卫国的钱。

过年前,许卫国和姜兰来疗养院找过她一次。

"姜姜,过年还是要回家过的吧?"一个月不见,姜兰仿佛老了十岁,眉眼疲惫,她道,"过年就得家人团团圆圆,你一个人在这边妈妈心里放不下啊。"

许姜道:"我不是自己一个人,还有周溪山。"

许卫国本就是被姜兰拉着过来的,听到许姜这话瞬间就要发火,还是看见妻子紧皱的眉头,这才强压着火气:"你给他多准备点东西吃,你跟我们回去。

"工作不要了,家也不要了?"

许姜帮姜兰整理好围巾,语气温和道:"妈妈,之前通电话时我说过,如果爸爸不同意让我带周溪山回去一起过年,那我就

258

不回去了。"

"其实我想不太明白，是你卖了我们家和周家之间的情谊，你背叛了周溪山和周景林，你把李曦阿姨救我命的恩情抛之脑后，周溪山才是完完全全的受害者。"许姜看着许卫国，目光平静，"所以你不应该这么排斥他？"

"哪怕他现在根本不记得你做过什么事，跟他说过什么难听的话，只会乖乖地叫你'许伯伯'，但你还是不接受他。"许姜说，"我不知道周家人是不是上辈子杀人放火，这辈子才遇见我们这一家白眼狼。"

许卫国怒极："你别逼我在这儿抽你。"

"你尽管来好了。"许姜不卑不亢地朝前走了一步，语气很轻，"我们只不过是乡下出来的人，学不会做人上人，却学会了城里人颐指气使的糟粕。

"爷爷说过，做人不能忘本。爸，你现在这副样子，爷爷的棺材板都压不住了。"

"你……你看看你教出来的好女儿！"许卫国气得说不出话，忽然看到许姜身后的门开了一道小缝，青年顾长的身影被灯光打在地上。

许卫国瞬间拔高了嗓门："我为什么不让你和那个什么周喜三在一起？他是什么好东西吗？浪费你的青春，让你丢掉京北的工作，每天就这么浑浑噩噩地跟一个傻子在一起！

"医院的大夫都说他永远也好不了，你还在这儿假仁假义，惺惺作态个什么劲儿！

"一天两天，半个月一年，最多五年十年，你还能陪他一辈子吗！"许卫国见那影子悄悄地朝外挪了挪，腰板更硬了，继续道，"他那个脑子不知什么时候还会恶化，没准活不了几天了，没了他你还不活了？

"爸爸妈妈都是为你好，他本来就是个累赘，但凡是个好人家的我们会拦着你？"

许卫国冷哼一声："要我说，早死晚死都得死，他不如早点去那边找他爸妈团圆，也省得拖累别人家的好姑娘！"

门口的影子消失了。

"行了！你说够了吗！许卫国你看你说的是人话吗？"姜兰红着眼圈道，"没有小周一家，你能有今天？平常你多说点多做点我都睁一只眼闭一只眼，如今小周这个样子了你还能说出这种话？你太恶毒了。

"这年你自己过吧，我回家跟我妈过去。姜姜你在这儿好好陪小周，有事给我打电话。"

姜兰气得扭头就走，丝毫没顾忌许卫国的脸色。

许姜推门进来，看见周溪山正笔直地坐在书桌前，神情很凝重，眼尾有点红，不知道在想什么。

只是看起来有点可怜巴巴的。

许姜熟练地哄他："喜三不高兴了？是谁欺负喜三了？告诉姐姐，姐姐去收拾他。"

周溪山摇头道："没有。"

他心不在焉地握着铅笔，笔尖在纸上摩擦，涂出粗粝杂乱的线条，问道："姐姐，什么是过年？"

许姜道："过年就是一家人聚在一起，穿新衣服，收红包，看春晚，熬夜到深夜十二点，再吃上一锅热乎乎的羊肉水饺。"

周溪山吞吞吐吐道："那……姐姐过年跟谁过？"

许姜摸摸他的头回道："当然是跟我们喜三啦，姐姐给你包羊肉馅儿饺子，让喜三明年扬眉吐气。"

周溪山嗯了声，很勉强地笑了下。

临近过年的这段日子，周溪山总是郁郁的。许姜以为是快要过年了，这里只有他们两个人，他在想爸爸妈妈去哪里了。

置办年货时，许姜甚至考虑雇两个人来当周溪山的父母。

最终她还是放弃了这个荒诞的念头。

直到除夕晚上，周溪山脸上才露出点欢腾的笑意。

"姐姐为什么要在饺子里面包硬币呀？"周溪山问。

"这叫幸运币，如果喜三吃到了，明年一整年都会顺顺利利，开开心心的。"许姜说。

"那还是让姐姐吃到吧。"周溪山笑嘻嘻地做了个鬼脸，"我想让姐姐顺利。"

许姜还没反应过来，周溪山就跑开，抱着薯片看春晚去了。

果然如周溪山所言，许姜今晚吃到了硬币。周溪山笑着求她："姐姐，把这枚硬币送给我吧，好不好？"

许姜自然是愿意的，她巴不得把世界上所有的好运都给他，让周溪山以后的生活快乐平安，再也不要受苦了。以前的周溪山泡在黄连水里，许姜要以后的周喜三都活在蜜糖里。

原本计划的熬年也没能实现，许姜累得靠在沙发上睡着了。

电视里的主持人正在倒数，周溪山坐在许姜身边，兜里揣着许姜给他洗干净的硬币。

倒数结束，电视那头一片欢腾，音乐喜气洋洋的，听着就让人不自觉地弯了眉梢。

周溪山跟着笑，笑着笑着嘴角就垮了下来。

他关掉电视，轻声唤道："姐姐。"

许姜已经睡熟了。

周溪山扯过旁边的毛毯，盖在许姜身上，然后剪断了许姜脖子上的红绳，把那枚银戒系在自己的脖子上。

他在白毛衣外面套上了许姜给他新买的红色羽绒服，还把藏在床底下的戒指盒掏了出来。

这枚戒指这么大，可以跟姐姐换她这个小的。

虽然上面有擦不掉的红色痕迹，但姐姐应该不会在意吧。

周溪山把戒指放在书桌上，临走时觉得应该给姐姐留一句话。

不然他就这么走了，显得很不礼貌。

姐姐会不喜欢他。

周溪山又折返回来，提起笔在纸上"唰唰"写下一行字，这才回过头十分不舍地看了眼熟睡中的许姜。

他抬手揉了揉眼睛，离开了房间，也离开了疗养院。

不能当姐姐的累赘。

周溪山许的新年愿望是，希望许姜姐姐健康平安，长命百岁。

他知道自己有病，要吃很多药，还一直需要姐姐来照顾他。那个伯伯说，姐姐应该和别人一起生活。

和健康的普通人一起生活。

周溪山不想姐姐和别人在一起，又不想她以后受苦受罪……

所以，就让他先离开吧。

这是周溪山想了这么多天的结果。

外面很冷，青榆公立疗养院靠近海边，被海风这么一吹，温度更低，几乎要把人牙齿冻掉。

周溪山裹紧了身上的羽绒服，漫无目的地走着。

他渐渐走到了海边。

海风更大，脚下的沙细白而冰冷。

天压着海，海浸着沙，沙溺毙在他脚下。

周溪山回头看了眼疗养院那座高高的楼，视野忽然有点模糊。

他再看向这片海时，又仿佛能看清每一层海浪。

周溪山走到了海边。

他给姐姐留的那句话，是前阵子在书店看到的。

我喜我生，独丁斯时。恰巧风月，余渭之缘。

海浪轻拍着他的鞋尖。

周溪山吸吸鼻子，不知为什么又有点想哭。

他还是有点舍不得离开的，因为这里有许姜姐姐。

可她那么好，那么漂亮又温柔，应该生活得最好。

周溪山朝海里走了一步，刺骨的海水迫不及待地漫上脚踝，冻得他一哆嗦。

他咬着牙朝海里又走了两步，海水漫到了膝盖处，他冻得嘴唇发白，蹒跚着迈不出下一步。

倏地，疗养院门前升起巨大的烟花，在天空"砰"的一声炸开。

周溪山回过头去，看着黑夜里绚烂的烟花，眼泪顺着眼尾落下来。

真漂亮啊。

这世界，真漂亮啊。

疗养院里原本熄灭大半的灯忽地都亮起来，周溪山看见顶上属于他和许姜姐姐的屋里，也跟着亮起灯。

他似乎还听到了警报声，只是掩盖在绚烂的烟花下，微不可闻罢了。

周溪山重新把目光投向面前的大海，细小的浪花轻轻翻滚，舔舐他的小腿和膝盖。

他像是忽然清醒过来，几步从海水里跑回岸边，望着疗养院明亮的光喘着粗气。

不该在这里。

姐姐会看见，会吓到她。

裤腿浸满海水，沉重得像注满了铅块。周溪山顺着疗养院通向外界这条唯一的公路走，小腿早被寒风吹得没有了知觉。

他身后的天空，焰火更加绚烂，占满整片漆黑的天空，他却再也没有回头看。

街边的音像店里的店员切了歌，就在周溪山走过时。

我肯定在几百年前就说过爱你

只是你忘了 我也没记起

走过 路过 没遇过

回头 转头 还是错

你我不曾感受过 相撞在街口

相撞在街口

周溪山怔怔地听着歌，下意识把许姜给他新买的羽绒服裹得更紧了些。

他最后一次回望疗养院的方向，像排在队尾的候鸟，固执地离开了飞行方向。

他在心里默默想道：

许姜，我庆幸自己生在有你的时代，我所见到的山川湖海，此间风月，都因你才成为我的缘分。

希望许姜健康平安，长命百岁。

拜托啦，让我先走吧。

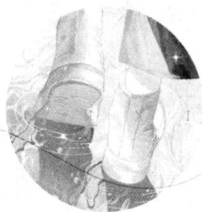

BUJI RISHAN

后记

　　周溪山消失的第一年，许姜疯了一样在青榆到处找他。所有人都说算了，放弃吧，这都是你们各自的命，强求不来。许姜手机里的行走轨迹走满了三百六十五天，她想和命运争一争。

　　周溪山消失的第二年，许姜带着周溪山所有的建筑手稿，考上了京北大学建筑系的研究生。许卫国不再逼迫她回青榆生活，姜兰打了几次电话，说想在李曦的墓地旁边给周溪山立个衣冠冢。

　　许姜没有同意。

　　喜三现在是小孩心性，他只是在和她玩捉迷藏，她还没有找到他，怎么就要给他修坟茔？

　　这世界这样好，周喜三舍不得的。

　　周溪山消失的第五年，许姜从京北大学毕业，用所有积蓄在京北成立了喜三建筑工作室。

　　周溪山消失的第八年，许姜作为喜三工作室代表，站上了国际普利兹克建筑奖的领奖台。

那天，她穿着周溪山最常穿的白衣黑裤，手上戴着那枚染血的钻戒，用英文流利地感谢了组委会与喜三工作室全体员工的辛勤努力。

最后，许姜高举奖杯，清清亮亮的眼睛对着熙熙攘攘的礼堂，流下两行热泪。

"这个奖项属于我和我的爱人，他是这份建筑图纸的最初设计者，也是最热爱建筑事业的人。

"我不知道他现在在哪里，但我相信他一定在世界上某个角落看着我。

"过去这么多年我一直没有找到你，现在我站在全世界面前，站在你最热爱的舞台上，我想你一定能看到我。

"回来吧，周溪山。

"我很想你。"

在台下的镁光灯频闪中，许姜仿佛看见了周溪山朝她笑的样子。

他站在花团锦簇中，笑容清澈温和。

周溪山，你看到了吗？

你的才华，你的作品，你的建筑，在这个时代——得到世界的肯定。

我这个不会发光的新月，也借着你的光辉，成为受人追捧的星星。

周溪山，太阳永不坠落。

太阳永远闪耀。

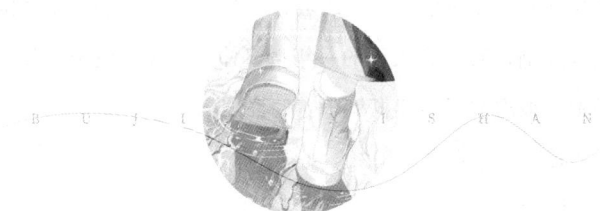

番外

每一个许姜都爱你

电视里的春晚还在继续放着，主持人们快乐地带领全国人民跨过零点倒计时，进入新的一年。窗外烟花爆竹应声绽放，"噼里啪啦"地震醒了迷迷糊糊睡着的许姜。

"喜三，你吃完了吗？"

屋里没有回应。

许姜揉揉发麻的胳膊，撑起身子，又唤了声："周喜三，快出来，不要跟我捉迷藏。

"再不出来，姐姐要生气了。"

除了电视里的热热闹闹连成片，再没有一点多余的声响。

许姜慌了神，找遍小小的套间，就连床底下和衣柜都翻找过，都没有找到周溪山。

只有桌子上放着一枚染血的钻戒。

许姜后知后觉地摸向自己的脖颈，红绳已经断掉，那枚戴了很久的"哆啦 A 三"也消失不见。

我喜我生，独丁斯时。

恰巧风月，余渭之缘。

钻戒旁边的字条上，写着这样一句话。

许姜手脚瞬间失了温度，大脑一片空白，身体机械地朝走廊跑，朝管理员办公室跑，跑到这栋楼里大半的人都知道那个英俊的小伙子不见了。

疗养院的住客都是热心肠，七嘴八舌地说出自己的想法，后来还是住在许姜隔壁的大姨扶着她去了监控室，才看见了周溪山离开的影像。

红色的羽绒服，深蓝的牛仔裤，周溪山离开时的步伐很慢，却也坚定地朝外走。

小小的监控方框里，漫无边际的黑夜，万家灯火闪耀时，周溪山的身影渐渐变小，走到监控尽头时，他忽然回了头。

他似乎在看监控，又似乎隔着时间、空间以及无数的思念，望向许姜。

随后他毫不犹豫地走出了监控范围。

众人望着空无一物的监控窗口愣神，不知是谁说了句："他走的方向，好像是海边。"

周围嘈杂声骤起，许姜耳边隆隆作响，其他声音都听不见。

他去海边做什么？

这么晚，这样冷，海边漆黑一片，有什么值得看。

为什么不等她一起？

许姜手脚发软，仍是拼力挣脱了众人的束缚，朝门外跑去。

走廊里灯光明晃晃的，晃得许姜头晕。她头重脚轻，一不留神踩偏了一级楼梯，疼痛感和失重感侵袭而来，疗养院里的人惊呼成片，许姜却闭上眼睛，不做任何防护动作，任由自己沉沦。

没有意义。

没有周溪山，这个世界于她不过是片伶仃废墟。

周溪山。

…………

"周溪山！"

许姜猛地睁开眼，从床上坐起身，眼泪淌了满脸，摸向身边冰凉的床铺，叫道："周溪山！"

"我在呢。"

周溪山穿着卡通围裙，手里拎着锅铲，询问："怎么了，阿姜？"

许姜惊魂未定地看着周溪山，目光一寸寸掠过他的眉眼，似乎在确认周溪山这个人是不是真的站在她对面。

她张了张嘴，喉咙干得说不出话，她强行嘶哑着嗓子说："我好像做了一个很长很长的梦。"

以至于分不清现在究竟是在梦里还是挣脱了噩梦。

"乖，别想那么多，我们先吃饭。"周溪山轻抚许姜的后背，说道，"今天做了你爱吃的油爆虾和排骨汤，吃过饭你再好好地把噩梦讲给我听。"

许姜草草吃了饭，把梦境原原本本地讲给周溪山听。

"所以，这次我在你的梦是跳了海。"周溪山把许姜拥入怀中，清淡地叹了口气，"阿姜，都过去了。

"我虽然在去机场的路上出了车祸，但只是很轻的皮外伤。

"现在许伯伯虽然仍然不太中意我做女婿，但也没对我们在一起的事过于反对。

"公司破产后我在你的鼓励下重新在建筑系进修，目前在自主创业。"

许姜喃喃着："喜三工作室？"

周溪山笑道："喜姜工作室。"

"至于赵时羽……"周溪山在许姜额头上轻吻，解释的话流畅自如，仿佛重复过上千遍，"很幸运地排到了适合她的肝源，已经接受手术，目前在术后恢复的阶段。我们说好今天下午去看她，你忘了？"

"那我梦里那些，都是假的？"许姜从周溪山怀里退出来，声音轻浅，"没有人死掉，是不是？"

"梦境都是真假参半的，否则怎么让人信以为真呢。"周溪山拢起她的长发，又道，"之前你还梦见我移情别恋，成了出轨的渣男。

"梦见我成了流连花丛，入而不返的浪荡子，害你苦守一生。

"梦见我因为公司权力纠纷而被陷害，沦为阶下囚，终日缩在四方不见天日的铁笼里，苟活一生。"

"阿姜啊。"周溪山叹息道，"我在你的梦里，似乎从未有好下场。"

"但这个梦真的非常真实。"许姜认真地强调，"我在这个梦里会哭会痛会伤心，就像是我真正的人生一样。

"周喜三，你说会不会是平行时空什么的？"

"你想它是它便是吧。"周溪山摸着许姜细软的发丝，轻声问，"那个时空里的许姜爱不爱我啊？"

"当然。"

许姜把头埋进周溪山怀里。

"每一个许姜都爱你。"

下午，周溪山如约带着许姜去医院看望赵时羽。

赵时羽做过手术，身体还很虚弱，只能吃一些流食。她看见许姜时，眼睛明显亮了，小声招呼着："姜姜，能看见你真好啊。"

许姜的眼泪"唰"地落下来。

漫长的梦境太过真实，她似乎触摸到赵时羽的血，手上有沾了血的羽毛，还有那间充满哀颂的礼堂，都在昭示着赵时羽的离开。

赵时羽见许姜眼泪流个不停，虚弱地抬起手擦掉她脸上的泪水道："总不能让我这个病号照顾你啊，姜姜。"

蒋煜一脸冷漠地捧着清亮的鸡汤："周溪山，能不能把你老婆先带走，小羽毛还没吃完饭。"

"吃饭哪有和姜姜聊天重要！"赵时羽睨他，"你们出去，我们女孩子要说悄悄话！"

蒋煜和周溪山站在走廊上面面相觑。

"时羽没事了？"周溪山问。

"肝源来得很及时，需要住院观察一段时间，不过主任医师说问题不大，以后注意休养，定期复查，大概率不会复发。"蒋煜长舒一口气，疲惫地扯扯嘴角道，"原来觉得不幸是小概率事件，后来又觉得人生充满 Bad Ending（糟糕结局），但现在看来，人定胜天吧。"

蒋煜说完，看向周溪山，问道："许姜怎么样了？"

"还是总做噩梦。"周溪山垂眸，"醒来偶尔会记不得之前发生的一些事，记忆混乱，我就会把所有她关心的大事都再说一遍。"

蒋煜皱眉道："大夫怎么说？"

"全都是应激反应和心理因素。"周溪山说，"还是要靠她自己。"

赵时羽忽然生病，周溪山公司运转不灵，还有许卫国横在周溪山和许姜之间，桩桩件件都卡在许姜心里，说不出咽不下，最后成了化解不开的症结。

而在机场听到周溪山出车祸的消息，成了压垮许姜心理防线的最后一根稻草。

周溪山伤得并不重，只是轻微擦伤，但是要接受全方位的身体检查，最后才能放他走。

那天，周溪山急着离开医院去机场找许姜，刚一出门就见到从远处跑来的许姜。

她披头散发，眼睛红得几欲滴血，跑到周溪山面前却又哭又笑，哽咽着说不出话。

风吹乱了许姜的头发，也吹散了她眼里破碎不堪的情绪。

许姜晕倒前，干裂的唇微张，对着周溪山轻轻扬起嘴角："你没事，真好啊。"

············

周溪山想到这儿，看向蒋煜，说："总归一切都是向好的方向发展的，慢慢都会好起来。"

概率事件时有发生，但是苍天总是不败有心人的。

阳光会照下来。

半年后。

初夏，赵时羽的身体恢复状况很好，三个月前被批准出院。蒋煜把人接回家，细心地照料着，很快就把赵时羽喂胖回原来的样子。

"蒋煜！"

赵时羽崩溃地看着体重秤，不可置信地问："我的体重是不是已经三位数了？

"一百多少？"

蒋煜淡定地扫了眼显示屏上的数字："一百一十三。"

"不行，我必须减肥。"赵时羽故作沉重地垂着头，"今晚我不吃晚饭了。"

"哦。"蒋煜扫了眼手机里的菜谱，"今晚吃无油蒸鸡。"

赵时羽咽了下口水。

"香煎带鱼。"

"咕咚"！

"还有某人最喜欢的蟹黄豆腐煲。"

"咕咚咕咚"！

蒋煜佯装惋惜道："看来只能我一个人享用大餐了……"

"不必。"赵时羽一脸悲愤道,"人是铁,饭是钢,一顿不吃饿得慌。吃完了这顿,我再减肥吧。"

饭后,蒋煜照例把赵时羽安置在沙发上,在她腰后垫了软垫,才走去厨房洗碗。

以往赖在沙发上犯困的人今天却巴巴地跟了过来,倚着厨房的料理台,说道:"蒋煜同学,我现在恢复得很好了,很想出去玩。"

蒋煜边低头洗碗边问:"想去哪里?"

赵时羽兴高采烈道:"我们叫上姜姜和周溪山,一起去看日出吧!"

蒋煜没有马上回答,把洗碗池里最后一个碟子冲洗干净,甩甩手上的水,关了水龙头,这才慢条斯理地睨她一眼。

"赵时羽同学,你刚刚恢复没多久,不适宜做高强度的体育运动。"

"看日出哪里算高强度运动!我只用眼睛看!"

蒋煜哼了声:"那你把他们叫来家里,就在这里看好了。"

赵时羽:"……那怎么看得见嘛,还是要去山顶。"

蒋煜没再理她。

赵时羽自知理亏,但实在是在家里憋疯了,巴巴地跟着蒋煜身后央求:"我们就去青榆疗养院旁边那座小山,初中时我们去过的呀。

"一点都不高,坡也很缓,不会累的。"

蒋煜依然铁面无私,不为所动。

"唉，男人果然都是一样，得到了就不会珍惜。"赵时羽佯装哀怨地叹了口气，见蒋煜的背影微微一僵，再接再厉，"之前说我是小羽毛，等我身体好了后想去哪里都随我。

"现在呢，只是这样一个小小的朴素的心愿，我都实现不了。哪还用说以后呢？"

赵时羽见蒋煜的耳朵动了动。

"罢了罢了，在黄泉路上走一遭，鬼门关转悠一圈的人，还妄想什么自由快乐。"赵时羽娇滴滴地靠在沙发边，拨弄着绿萝叶子，含嗔带怨，"从此以后就做金丝笼子里的一只雀儿，人家高兴我便高兴，人家怒极我便要掉些羽毛下来。

"这就是我的命。"

蒋煜面无表情地转过身："最近又看了不少宫廷戏吧？"

赵时羽敏锐地嗅出蒋煜态度的变化，笑嘻嘻地凑近道："那你是答应了？"

蒋煜道："我没……"

赵时羽"吧唧"一下亲在他的下巴。

蒋煜耳朵一红："赵时羽你不要搞这套……"

赵时羽又亲了下他的右脸颊。

蒋煜说话明显气短："你别招我。"

赵时羽又凑上去吻了吻他的唇。

蒋煜严肃道："医生说还不可以。"

赵时羽眨眨眼："那是医生两个月之前说的。"

蒋煜还想说什么，赵时羽直接跨坐在他身上，软绵的身子倚靠着蒋煜，嘴唇贴着他的耳郭，极罕见地温柔呢喃："哥哥，求

278

你啦。

"小羽毛好想去看日出。"

蒋煜最受不了赵时羽跟他撒娇，低低地应了声，抱着人径直进了卧室。

等真的满足赵时羽的心愿，和许姜、周溪山去山顶看日出时，已经过了一个礼拜。

清晨，天还擦着黑，四人已经集合完毕，早早地开车到了山脚下。

许姜对于梦境和现实的差距已经接受良好，她反复和赵时羽确认："你真的没有不舒服？确定要爬山吗？"

赵时羽点头道："当然啦，我好得很，不到山顶非好汉！"

蒋煜脸色不算好看，翻着背包："药和温水我有给你带，中途出现不舒服要及时停下。"

赵时羽乖乖应声："好哦。"

刚开始四人还有说有笑地并肩前行，快到山腰时赵时羽明显体力不支步伐慢了下来。许姜和周溪山想就此停下来，却被赵时羽赶着去山顶，还扶着腰气鼓鼓地说她一会儿就能追上来。

她的手撑在蒋煜准备好的登山杖上，感觉小腿沉得要命，身上也出虚汗，根本走不动路。

勉强到了半山腰，赵时羽坐在一块大石头上喘粗气，无论如何也不往山上走了。

"不行，太累了，初中的时候我爬过这山呀，哪有这么高。"赵时羽喝了口蒋煜递过来的水，"我现在好像跋山涉水好几个月

279

了一样。"

蒋煜抿着唇问:"不硬撑了?"

赵时羽苦笑道:"撑不住啦。小蒋同学,我不会从此之后体力值都恢复不到过去的状态吧?"

"可我好喜欢旅游,喜欢爬山,喜欢极限运动。"赵时羽说着说着鼻尖开始发酸,"我好没用。"

蒋煜沉默半晌:"真的想看日出吗?"

赵时羽点头。

"上来,我背你去山顶。"蒋煜背过身,在赵时羽面前蹲下,露出宽阔的背脊,"不会比周溪山他们两个慢。"

"真的吗?"赵时羽兴奋得眼睛一亮,转瞬又摇头,"爬山太累了,你又要背包又要背我,把你累坏了怎么办。"

"不会。"蒋煜固执地蹲着,闷闷地说,"我说过,不会让你再有遗憾。"

赵时羽趴在蒋煜的后背上,慢悠悠地唱着走调的歌。

赵时羽问:"我唱歌好听吗?"

蒋煜夸道:"好听。"

赵时羽:"撒谎,我明明唱歌跑调的。"

蒋煜:"可我听着就是好听。"

赵时羽用袖口擦了擦蒋煜被汗湿的鬓角,心疼道:"要不还是算了,我很重的。

"每天都有日出,并不是非看不可。"

蒋煜微微有些喘,似乎是笑了声:"才没有,小羽毛轻得就像一片羽毛,根本没有重量。

"从哲学层面来说，没有两轮相同的太阳，也就没有两次同样的日出。

"即使有，你下次未必有这样迫切的心情。

"时羽，你想做的事情，想去的地方，我都会一步不落地陪着你。"

赵时羽揉揉眼睛道："你是神仙吗？可以实现我所有的愿望。"

蒋煜："时羽，我只是一个爱你的普通人。"

另一边，许姜已经很久没有这样的轻松时刻。

路边开着黄色的小花，清晨树叶上挂着露水，小鸟在清脆啼鸣，连天上的云彩都淡得忽略不计。

天空蓝得像清澈的海洋。

快到山顶时，许姜也有些体力不支，全靠周溪山牵着她的手，她才能攀登上顶峰。

太阳此刻还掩映在地平线与云层之间，有金黄色的光线露出点点锋芒。

"阿姜。"周溪山叫许姜的名字，眸光温柔缱绻，比今天的天空还要剔透。

"我总是有很多担忧和想法，顾及家庭，顾及事业，顾及物质，顾及未来，许许多多的顾及把我想说的话深深封缄，我也把自己束缚在虚假幻想的壳子里，从未想过这些未发生的顾及，会给你造成怎样的伤害。"

周溪山眼尾渐红："我很自卑，许姜。

"我总想如今的我配不上这样的你。

"但心中分明的爱意却让我明白，爱是不容比较的。

"第一次和你见面我便心动了，我不知道心动从何而来，我却知道只有阿姜你让我一次又一次，无数次地心动。"

周溪山掏出蓝色戒指盒，里面是那枚贵到离谱，和许姜梦中曾经见过的"哆啦 A 三"一样的钻戒。

"你愿意嫁给我吗？许姜。"

周溪山话音刚落，太阳从远方的地平线慢慢升起，耀眼的光线喷涌而出，温暖而炽热，在钻戒上映出五彩的光芒。

"嫁给他！嫁给他啊，姜姜！"

不远处，是趴在蒋煜背上的赵时羽，高兴地朝她挥手。

许姜如梦方醒，接过周溪山手中的戒指，眼泪滚滚落下。

"周喜三，太阳永远闪耀。"

周溪山吻住许姜的唇，两人的眼泪叠在一起，落在闪耀的钻戒上。

许姜，太阳永不落幕。

太阳从始至终，只为你一人闪耀。